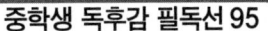

중학생 독후감 필독선 95

중학생이 보는
LEESANG LEESANG LEESANG

권 태

이상 지음
성낙수(한국교원대 교수)·임현옥(부여여고 교사)·이승후(경주 감포중 교사) 엮음

좋은 책 좋은 독자를 만드는—
㈜신원문화사

 책 머리에

　더 이상 언급할 필요도 없지만 요즘은 독서의 중요성이 더욱 강조되는 시대입니다. 첨단 과학으로 이루어진 대중 매체 덕분에 눈으로 읽는 것보다는 말초 신경을 자극하는 동영상 쪽으로 관심이 모아지는 데 대한 우려 때문일 것입니다. 꿈과 희망을 가지고 자라나는 학생들에게는 올바른 사고력과 분별력을 키워 주어야 합니다. 그런 점에서 다른 사람들의 생각과 철학, 인생관과 세계관이 들어 있는 명작들을 많이 읽는 것이야말로 바람직한 학습 효과를 거둘 수 있는 지름길이라 생각합니다.
　명작은 오랜 세월에 걸쳐 많은 사람들이 읽고 크게 감동을 받은 인정된 작품들로서, 청소년의 삶에 지침이 되어 주고 인생관에 변화를 주게 될 것입니다.
　이번에 중학생들에게 꼭 읽히고 싶은 명작들을 선정하여, 작품을 바르게 감상하고 독후감을 쓰는 데 도움을 주고자 이 시리즈를 기획하게 되었습니다. 작품들은 동서고금에 걸쳐 객관적으로 인정받은, 훌륭한 대상만을 선정하였습니다. 그리고 책의 구성을 다음과 같이 하여, 읽고 쓰는 데 도움이 되도록 하였습니다.
　하나, 삶에 대한 지혜와 용기를 주고 중학생이라면 꼭 읽어야

∙∙∙∙∙∙∙∙∙∙∙∙∙∙∙∙∙∙∙∙∙∙∙∙∙∙∙∙∙∙∙∙∙∙∙∙

할 명작만을 골랐습니다.

둘, 명작을 읽고 난 후의 솔직한 느낌을 논리적·체계적으로 쓸 수 있도록 중학생들의 독후감 작성에 따르는 부담을 덜어 주도록 구성하였습니다.

셋, 작품 알고 들어가기, 내용 훑어보기, 작품 분석하기, 등장인물 알기를 통해 작품을 분석하는 힘을 기를 수 있도록 하였습니다.

넷, 작가 들여다보기, 시대와 연관짓기, 작품 토론하기 등을 통해 작가의 일생을 알고 시대의 흐름을 파악하여 상상력과 창의력을 키워 주도록 하였습니다.

다섯, 독후감 예시하기와 독후감 제대로 쓰기에서는 책을 읽는 방법과 독후감 모범 답안 실례를 제시함으로써 문장력을 길러 주는 한편 독후감 쓰기의 충실한 길라잡이가 되도록 했습니다.

아무쪼록 이 책들이 중학생들의 학습 능력 향상에 큰 도움이 되길 빌어 마지 않습니다.

엮은이 성 낙 수

차 례

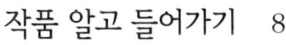

작품 알고 들어가기　8

권 태　11

독후감 길라잡이　203

독후감 제대로 쓰기　229

중학생이 보는
LEESANG LEESANG LEESANG
권 태

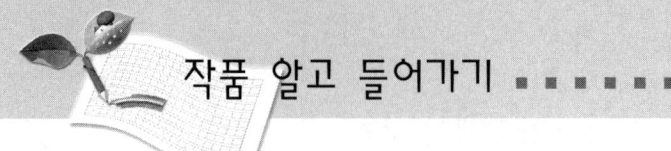

작품 알고 들어가기

　수필은 시와는 달리 스토리가 있는 산문입니다. 또한 수필은 허구에 근거하는 소설과는 달리 '나'의 체험에 근거하는 사실적인 문학입니다. 그러므로 이상의 수필은 당시 그의 사상이나 감정, 지성을 모두 반영하고 있다고 보아도 과언이 아닙니다.
　이상은 1910년에 서울에서 태어났습니다. 아버지 김연창은 법 없이도 살 만큼 조용한 성품이었으나 얼굴은 얽었고, 형 김연필의 주선으로 출근하였던 궁내부 활판소에서 활판 기계에 손가락이 잘려 사직하고, 그 즈음에는 이발가게를 차리고 있었다고 합니다. 어머니 박세창도 얼굴이 얽었으며 고아 출신이었다고 합니다. 이상은 이처럼 가난하고 평범한 부모의 첫아이로 태어났습니다.
　이상의 본명은 김해경입니다. 그의 집안은 증조할아버지 때에는 정3품에 해당하는 도정 벼슬까지 지낸, 괜찮은 양반 가문이었으나, 증조할아버지는 아들 하나만을 남겨놓고 일찍 세상을 떠났습니다. 이상의 할아버지인 김병복의 대에 이르러 몰락의 시운을 맞게 되었는데, 그에게는 두 아들이 있었습니다. 큰아들은 김연필이고, 둘째 아들이 바로 이상의 아버지였습니다. 김연필은 총독부 상공과의 기술관리에 올라 비록 중인으로나마 일가를 다시 일으켰습니다. 그러나 자식이 없어서 동생의 첫 소생인 김해경을 양자로 들였습니다.

세 살 때부터 큰아버지 집으로 들어간 김해경은 할머니의 사랑을 받으며 자랐지만, 조숙함으로 인한 갈등, 큰아버지의 가장다운 엄격함, 그리고 큰어머니의 어쩔 수 없는 눈치밥이 있었음은 짐작할 만합니다. 자연히 김해경은 이러한 가족적 문제에서 생겨난 조숙한 감수성, 친가로부터의 격리와 종손으로서 통인동 본가에 자리잡은 체험으로 인한 몇 가지 특이한 성격을 갖게 되었습니다.

그는 스무 살 때부터 끈질긴 자살 충동에 시달렸으며 이런 무의식적인 자살 충동에 굉장한 두려움을 느꼈다고 합니다. 또한 영민하고 신경질적이고 예민한 성격의 글을 자주 썼으나 실제 생활은 나태, 무기력했습니다. 그는 착실히 돈을 모으거나 사업을 할 재주도 없었고 극도로 게을러 빈궁함을 자초했습니다. "구석지고 천장이 낮고 지하실같이 밤낮 어둡고 침침하고 습하고 불결하고 해서 성한 사람이라도 그 방에서 사흘만 지내면 병객이 되고 말 지경"의 방에서 살았을 정도이니까요. 또한 얼굴이 얽은 데다가 손가락마저 잘려 가난할 수밖에 없었던 친아버지에 대한 연민과 콤플렉스, 그리고 자신을 입양한 큰아버지 가족에 대한 증오심으로 어린 시절을 보낸 것으로 알려져 있습니다. 더구나 불행히도 20대 초반부터 폐결핵이라는 치명적인 병을 앓게 되었습니다.

  그의 문학에 스며 있는 감각의 착란(錯亂), 객관적 우연의 모색 등 그의 작품을 난해하고 비상식적으로 만드는 요인은, 그의 개인적인 기질이나 환경, 그리고 자전적인 체험과 무관한 것이 아니며, 또한 한편으로는 근본적인 현실에 대한 그의 비극적이고 지적인 반응에서 기인한 것도 있습니다.

  그의 작품들은 전반적으로 억압된 의식과 욕구 좌절의 현실에서 새로운 세계로의 탈출을 시도하는 초현실주의적 색채를 강하게 풍기며, 무력한 자아가 자주 등장하는데, 수필에서도 예외는 아닙니다. 그는 병들어 시들어 가는 자신의 육체에서 무력함과 비참함을 느끼면서도, 지적 혹은 성적인 욕구에 연연하는 모습을 보이기도 합니다.

  시와 소설과 마찬가지로 그의 수필은 때로는 난해하나, 심리적인 묘사 변화 등이 잘 표현되어 있고, 사실적이고 서정적이며, 때로는 서경적인 묘사가 잘 나타나 있습니다.

권 태

권
태

1

 어서…… 차라리 어두워 버리기나 했으면 좋겠는데…… 벽촌의 여름날은 지루해서 죽겠을 만큼 길다.
 동에 팔봉산, 곡선은 왜 저리도 굴곡이 없이 단조로운고?
 서를 보아도 벌판, 북을 보아도 벌판, 아, 이 벌판은 어쩌라고 이렇게 한이 없이 늘어놓였을꼬? 어쩌자고 저렇게 똑같이 초록색 하나로 돼먹었노?
 농가가 가운데 길 하나를 두고 좌우로 한 10여 호씩 있다. 휘청거리는 소나무 기둥, 흙을 주물러 바른 벽, 강낭대로 둘러싼 울타리, 울타리를 덮은 호박덩굴, 모두가 그게 그것같이 똑같다.
 어제 보던 댑싸리 나무, 오늘도 보는 김 서방, 내일도 보아야 할 흰둥이 검둥이.

해는 100도 가까운 별을 지붕에도 벌판에도 뽕나무에도 암탉 꼬랑지에도 내리쮠다. 아침이나 저녁이나 뜨거워하며 견딜 수가 없는 염서(炎署) 계속이다.

나는 아침을 먹었다. 할 일이 없다. 그러나 무작정 널따란 백지 같은 '오늘'이라는 것이 내 앞에 펼쳐져 있으면서 무슨 기사(記事)라도 좋으니 강요한다. 나는 무엇이고 하지 않으면 안 된다. 무엇을 해야 할 것인가 연구해야 한다. 그럼 나는 최 서방네 집 사랑 툇마루 장기나 두러 갈까. 그것이 좋다.

최 서방은 들에 나갔다. 최 서방네 사랑에는 아무도 없나 보다. 최 서방의 조카가 낮잠을 잔다. 아하, 내가 아침을 먹은 것은 10시나 지난 후니까 최 서방의 조카로서는 낮잠 잘 시간에 틀림없다.

나는 최 서방의 조카를 깨워 가지고 장기를 한판 벌이기로 한다. 최 서방의 조카로서는 그러니까 나와 장기 둔다는 것 그것부터가 권태다. 밤낮 두어야 마찬가질 바에 안 두는 것이 차라리 낫지. 그러나 안 두면 또 무엇을 하나? 둘밖에 없다.

지는 것도 권태이거늘 이기는 것이 어찌 권태 아닐 수 있으랴? 열 번 두어서 열 번 내리 이기는 장난이란 열 번 지는 이상으로 싱거운 장난이다. 나는 참 싱거워서 참을 수가 없다.

한 번쯤 져주리라. 나는 한참 생각하는 체하다가 슬그머니 위험한 자리에 장기 조각을 갖다 놓는다. 최 서방의 조카는 하품을 쓱 한 번 하더니 이윽고 둔다는 것이 딴전이다. 으레 질 것이니까 골치 아프게 수를 보고 어쩌고 하기도 싫다는 사상이리라. 아무렇게나 생각나는 대로 장기를 갖다 놓고는 그저 얼른얼른 끝을 내어 져줄 만큼은 져주면 이 상승장군(常勝將軍)은 이 압도적인 권태를 이기지 못해 제출물에 가버리겠지 하는 사상이리라.

나는 부득이 또 이긴다. 인제 그만 두잔다. 물론 그만 두는 수밖에 없다.

일부러 져준다는 것조차가 어려운 일이다. 나는 왜 저 최 서방의 조카처럼 아주 영영 방심 상태가 되어 버릴 수가 없나? 이 질식할 것 같은 권태 속에서도 사세(些細)[1]한 승부에 구속을 받나? 아주 바보가 되는 수는 없나?

내게 남아 있는 이 치사스러운 인간 이욕이 다시없이 밉다. 나는 이 마지막 것을 면해야 한다. 권태를 인식하는 신경마저 버리고 완전히 허탈해 버려야 한다.

권
태

2

나는 개울가로 간다. 가물로 하여 너무나 빈약한 물이 소리 없이 흐른다. 뼈처럼 앙상한 물줄기가 왜 소리를 치지 않나?

너무 덥다. 나뭇잎들이 다 축 늘어져서 허덕허덕[2]하도록 덥다.

1) 사소하다.
2) 힘에 부쳐서 쩔쩔매거나 괴로워하며 애씀.

이렇게 더우니 시냇물인들 서늘한 소리를 내어 보는 재간도 없으리라.

나는 그 물가에 앉는다. 앉아서, 자, 무슨 제목으로 나는 사색해야 할 것인가 생각해 본다. 그러나 물론 아무런 제목도 떠오르지는 않는다.

그렇다면 아무것도 생각 말기로 하자. 그저 한량없이 넓은 초록색 벌판 지평선, 아무리 변화하여 보았댔자 결국 치열한 곡예의 역(域)을 벗어나지 않는 구름, 이런 것을 건너다본다.

지구 표면적의 100분의 99가 이 공포의 초록색이리라. 그렇다면 지구야말로 너무나 단조 무미한 채색이다. 도회에는 초록이 드물다. 나는 처음 여기 표착하였을 때 이 신선한 초록빛에 놀랐고 사랑하였다. 그러나 닷새가 못 되어서 이 일망무제[1]의 초록색은 조물주의 몰취미와 신경의 조잡성으로 말미암은 무미건조한 지구의 여백인 것을 발견하고 다시금 놀라지 않을 수 없었다.

어쩔 작정으로 저렇게 퍼렇나. 하루 온종일 저 푸른빛은 아무 짓도 하지 않는다. 오직 그 푸른 것에 백치와 같이 만족하면서 푸른 채로 있다.

이윽고 밤이 오면 또 거대한 구렁이처럼 빛을 잃어버리고 소리도 없이 잔다. 이 무슨 거대한 겸손이냐.

이윽고 겨울이 오면 초록은 실색한다. 그러나 그것은 남루를 갈

---

1) 한눈에 볼 수 없을 정도로 아득하게 멀고 넓음.

기갈기 찢은 것과 다름없는 추악한 색채로 변하는 것이다. 한겨울을 두고 이 황막하고 추악한 벌판을 바라보고 지내면서 그래도 자살 민절(悶絕)하지 않는 농민들은 불쌍하기도 하려니와 거대한 천치다.

그들의 일생이 또한 이 벌판처럼 단조한 권태 일색으로 도포(塗布)된 것이리라. 일할 때는 초록 벌판처럼 더워서 숨이 각각 막히게 싱거울 것이요, 일하지 않을 때에는 겨울 황원처럼 거칠고 구지레하게 싱거울 것이다.

권태

그들에게는 흥분이 없다. 벌판에 벼락이 떨어져도 그것은 뇌성 끝에 가끔 있는 다반사에 지나지 않는다. 촌동(村童)이 범에게 물려가도 그것은 맹수가 사는 산촌에 가끔 있는 신벌(神罰)에 지나지 않는다. 실로 전신주 하나 없는 벌판에서 그들이 무엇을 대상으로 흥분할 수 있으랴.

팔봉산 등을 넘어 철골 전신주가 늘어섰다. 그러나 그 동선(銅線)은 이 촌락에 엽서 한 장을 내려뜨리지 않고 섰는 채다. 동선으로는 전류도 통하리라. 그러나 그들의 방이 아직도 송명(松明)으로 어둠침침한 이상 그 전신주들은 이 마을 동구에 늘어선 포플라 나무와 조금도 다름이 없다.

그들에게 희망은 있던가? 가을에 곡식이 익으리라. 그러나 그것은 희망은 아니다. 본능이다.

───주───

2) 관솔불. 송진이 많은 소나무 가지 등에 불을 붙여 등불로 사용함.

내일. 내일도 오늘 하던 계속의 일을 해야지. 이 끝없는 권태의 내일은 왜 이렇게 끝없이 있나? 그러나 그들은 그런 것을 생각할 줄 모른다. 간혹 그런 의혹이 전광과 같이 그들의 흉리를 스치는 일이 있어도 다음 순간 하루의 노역으로 말미암아 잠이 오고 만다. 그러니 농민은 참 불행하도다. 그럼, 이 흉악한 권태를 자각할 줄 아는 나는 얼마나 행복된가.

3

댑싸리 나무도 축 늘어졌다. 물은 흐르면서 가끔 웅덩이를 만나면 썩는다.

내가 앉아 있는 데는 그런 웅덩이가 있다. 내 앞에서 물은 조용히 썩는다.

낮닭 우는 소리가 무던히 한가롭다. 어제도 울던 낮닭이 오늘도 또 울었다는 외에 아무 흥미도 없다. 들어도 그만 안 들어도 그만이다. 다만 우연히 귀에 들려왔으니까 그저 들었달 뿐이다.

닭은 그래도 새벽, 낮으로 울기나 한다. 그러나 이 동리의 개들은 짖지를 않는다. 그러면 모두 벙어리 개들인가, 아니다. 그 증거로는 이 동리 사람이 아닌 내가 돌팔매질을 하면서 위협하면 10리나 달아나면서 나를 돌아다보고 짖는다.

그렇건만 내가 아무 그런 위험한 짓을 하지 않고 지나가면 천리나 먼 데서 온 외인(外人), 더구나 안면이 이처럼 창백하고 봉발(蓬髮)이 작소(鵲巢)를 이룬 기이한 풍모를 쳐다보면서도 짖지 않는다. 참 이상하다. 어째서 여기 개들은 나를 보고 짖지를 않을까? 세상에도 희귀한 겸손한 개들도 다 많다.

이 겁쟁이 개들은 이런 나를 보고도 짖지를 않으니 그럼 대체 무엇을 보아야 짖으랴?

그들은 짖을 일이 없다. 여인(旅人)은 이곳에 오지 않는다. 오지 않을 뿐만 아니라 국도 연변에 있지 않는 이 촌락을 그들은 지나갈 일도 없다. 가끔 이웃 마을의 김 서방이 온다. 그러나 그는 여기 최 서방과 똑같은 복장과 피부색과 사투리를 가졌으니 개들이 짖어 무엇하랴. 이 빈촌에는 도둑이 없다. 인정 있는 도둑이면 여기 너무나 빈한한 새악시들을 위하여 훔친 바, 비녀나 반지를 가만히 놓고 가지 않으면 안 되리라. 도둑에게는 이 마을은 도둑의 도심(盜心)을 도둑맞기 쉬운 위험한 지대리라.

그러니 실로 개들이 무엇을 보고 짖으랴. 개들은 너무나 오랫동안(아마 그 출생 당시부터) 짖는 버릇을 포기한 채 지내 왔다. 몇 대를 두고 짖지 않은 이곳 견족(犬族)들은 드디어 짖는다는 본능을 상실하고 만 것이리라. 인제는 돌이나 나무토막으로 얻어맞아서 견딜 수 없이 아파야 겨우 짖는다. 그러나 그와 같은 본능은 인간에게도 있으니 특히 개의 특징으로 쳐들 것은 못 되리라.

개들은 대개 제가 길리우고 있는 집 문간에 가 앉아서 밤이면 밤잠, 낮이면 낮잠을 잔다. 왜? 그들은 수위(守衛)할 아무 대상도

권태

없으니까다.

　최 서방네 개가 이리로 온다. 그것을 김 서방네 개가 발견하고 일어나서 영접한다. 그러나 영접해 본댔자 할 일이 없다. 양구(良久)에 그들은 헤어진다.

　설레설레 길을 걸어 본다. 밤낮 다니던 길, 그 길에는 아무것도 떨어진 것이 없다. 촌민들은 한여름 보리와 조를 먹는다. 반찬은 날된장과 풋고추이다. 그러니 그들의 부엌에조차 남은 것이 없겠거늘 하물며 길가에 무엇이 족히 떨어져 있을 수 있으랴.

　길을 걸어 본댔자 소득이 없다. 낮잠이나 자자. 그리하여 개들은 천부의 수위술을 망각하고 탐닉하여 버리지 않을 수 없을 만큼 타락하고 말았다.

　슬픈 일이다. 짖을 줄 모르는 벙어리 개, 지킬 줄 모르는 게으름뱅이 개, 이 바보 개들은 복날 개장국을 끓여 먹기 위하여 촌민의 희생이 된다. 그러나 불쌍한 개들은 음력도 모르니 복날은 몇 날이나 남았나 전혀 알 길이 없다.

4

　이 마을에는 신문도 오지 않는다. 소위 승합 자동차라는 것도 통과하지 않으니 도회의 소식을 무슨 방법으로 알랴?

　오관이 모조리 박탈된 것이나 다름없다. 답답한 하늘, 답답한 지평선, 답답한 풍경 가운데 나는 이리 뒹굴 저리 뒹굴 구르고 싶을 만큼 답답해하고 지내야만 된다.

　아무것도 생각할 수 없는 상태 이상으로 괴로운 상태가 또 있을까. 인간은 병석에서도 생각하는 법이다.

　끝없는 권태가 사람을 엄습하였을 때 그의 동공은 내부를 향하여 열리리라. 그리하여 망쇄(忙殺)[1]할 때보다도 몇 배나 더 자신의 내면을 성찰할 수 있을 것이다.

　현대인의 특질이요, 질환인 자의식의 과잉은 이런 권태하지 않을 수 없는 권태 계급의 철저한 권태로 말미암음이다. 육체적 한산, 정신적 권태, 이것을 면할 수 없는 계급이 자의식 과잉의 절정을 표시한다.

　그러나 지금 이 개울가에 앉은 나에게는 자의식 과잉조차가 폐쇄되었다.

　이렇게 한산한데, 이렇게 극도의 권태가 있는데, 동공은 내부를 향하여 열리기를 주저한다.

　아무것도 생각하기 싫다. 어제까지도 죽는 것을 생각하는 것 하나만은 즐거웠다. 그러나 오늘은 그것조차가 귀찮다. 그러면 아무것도 생각하지 말고 눈뜬 채 졸기로 하자.

　더워 죽겠는데 목욕이나 할까? 그러나 웅덩이 물은 썩었다. 썩지 않은 물을 찾아가는 것은 귀찮은 일이고…….

　　1) 정신없이 바쁘다.

썩지 않은 물이 여기 있다기로서니 나는 목욕하지 않으리라. 옷을 벗기가 귀찮다. 아니! 그보다도 그 창백하고 앙상한 수구(瘦軀)를 백일 아래에 널어 말리는 파렴치를 나는 견디기 어렵다.

땀이 옷에 배이면? 배인 채 두자.

그렇다고 하더라도 이 더위는 무슨 더위냐. 나는 일어나서 오던 길을 되돌아서는 도중에서 교미하는 개 한 쌍을 만났다. 그러나 인공의 교미가 없는 축류(畜類)의 교미는 풍경이 권태 그것인 것 같이 권태 그것이다. 동리 동해(童孩)들에게도 젊은 촌부들에게도 흥미의 대상이 되지 않는다.

함석 대야는 그 본연의 빛을 일찍이 잃어버리고 그들의 피부색과 같이 붉고 검다. 아마 이 집 주인 아주머니가 시집올 때 가지고 온 것이리라.

세수를 해본다. 물조차가 미지근하다. 물조차가 이 무지한 더위에는 견딜 수 없었나 보다. 그러나 세수의 관례대로 세수를 마친다.

그리고 호박덩굴이 축 늘어진 울타리 밑 호박덩굴의 뿌리 돋친 데를 찾아서 그 물을 준다. 너라도 좀 생기를 내라고.

땀내 나는 수건으로 얼굴을 훔치고 툇마루에 걸터앉았자니까 내가 세수할 때 내 곁에 늘어섰던 주인집 아이들 넷이 제각기 나를 본받아 그 대야를 사용하여 세수를 한다.

저 애들도 더워서 저러는구나 하였더니 그렇지 않다. 그 애들도 나처럼 일거수일투족을 어찌하였으면 좋을까 당황해하고 있는 권태들이었다. 다만 내가 세수하는 것을 보고 그럼 우리도 저 사람처럼 세수나 해볼까 하고 따라서 세수를 해보았다는 데 지나지 않는다.

5

원숭이가 사람의 흉내를 내는 것이 내 눈에는 참 밉다. 어쩌자고 여기 아이들은 내 흉내를 내는 것일까? 귀여운 촌동들을 원숭이를 만들어서는 안 된다.

나는 다시 개울가로 가본다. 썩은 물 늘어진 댑싸리 외에 아무것도 없다. 그러나 나는 거기 앉아서 이번에는 그 썩은 중의 웅덩이 속을 들여다본다.

순간 나는 진기한 현상을 목도한다. 무수한 오점이 방향을 정돈해 가면서 움직이고 있는 것이다. 이것은 생물임에 틀림없다. 송사리떼임에 틀림없다.

이 부패한 소택(沼澤) 속에 이런 앙증스러운 어족이 서식하리라고는 나는 참 꿈에도 생각지 못했다. 요리 몰리고 조리 몰리고 역시 먹을 것을 찾음이리라. 무엇을 먹고 사누. 버러지를 먹겠지. 그러나 송사리보다도 더 작은 버러지라는 것이 있을까!

잠시 가만 있지 않는다. 저물도록 움직인다. 대략 같은 동기와 같은 모양으로들 그러는 것 같다. 동기! 역시 송사리의 세계에도 시급한 목적이 있는 모양이다.

　차츰차츰 하류를 향하여 군중적으로 이동한다. 저렇게 하류로 하류로만 가다가 또 어쩔 작정인가. 아니 그들은 중로(中路)에서 또 상류를 향하여 거슬러 올라올지도 모른다. 그러나 당장 하류로 향하여 가고 있는 것이 확실하다. 하류로 하류로!

　5분 후에는 그들의 모양이 보이지 않을 만큼 그들은 멀리 하류로 내려갔다. 그리고 웅덩이는 아까와 같이 도로 썩은 물의 웅덩이로 조용해지고 말았다.

　나는 그 자리에서 일어나서 풀밭으로 가보기로 한다. 풀밭에는 암소 한 마리가 있다.

　고 웅덩이 속에 고런 맹랑한 현상이 잠복해 있을 수 있다니, 하고 나는 적잖이 흥분했다. 그러나 그 현상도 소낙비처럼 지나가고 말았으니 잊어버리고 그만두는 수밖에.

　소의 뿔은 벌써 소의 무기는 아니다. 소의 뿔은 오직 안경의 재료일 따름이다. 소는 사람에게 얻어맞기로 위주니까 소에게는 무기가 필요 없다. 소의 뿔은 오직 동물학자를 위한 표지이다. 야우시대(野牛時代)에는 이것으로 적을 돌격한 일도 있습니다, 하는 마치 폐병의 가슴에 달린 훈장처럼 그 추억성이 애상적이다.

　암소의 뿔은 수소의 그것보다도 더한층 겸허하다. 이 애상적인 뿔이 나를 받을 리 없으니 나는 마음놓고 그 곁 풀밭에 가 누워도 좋다. 나는 누워서 우선 소를 본다.

　소는 잠시 반추를 그치고 나를 응시한다.

'이 사람의 얼굴이 왜 이리 창백하냐. 아마 병인인가 보다. 내 생명에 위해를 가하려는 거나 아닌지 나는 조심해야 되지.'

이렇게 소는 속으로 나를 심리(審理)하였으리라. 그러나 5분 후에는 소는 다시 반추를 계속하였다. 소보다도 내가 마음을 놓는다.

소는 식욕의 즐거움조차를 냉대할 수 있는 지상 최대의 권태자다. 얼마나 권태에 지질렀길래 이미 위에 들어간 식물을 다시 게워 그 시금털털한 반소화물의 미각을 역설적으로 향락하는 체해 보임이리오?

권태

소의 체구가 크면 클수록 그의 권태도 크고 슬프다. 나는 소 앞에 누워 내 세균같이 사소한 고독을 겸손하면서, 나도 사색의 반추는 가능할는지 몰래 좀 생각해 본다.

6

길 복판에서 6, 7인의 아이들이 놀고 있다. 적발동부(赤髮銅膚)의 반라군(半裸群)이다. 그들의 혼탁한 안색, 흘린 콧물, 두른 베두렁이 벗은 웃통만을 가지고는 그들의 성별조차 거의 분간할 수 없다.

그러나 그들은 여아가 아니면 남아요 남아가 아니면 여아인, 결국에는 귀여운 5, 6세 내지 7, 8세의 '아이들' 임에는 틀림없다. 이 아이들이 여기 길 한복판을 선택하여 유희하고 있다.

돌멩이를 주워 온다. 여기는 사금파리도 벽돌 조각도 없다. 이 빠진 그릇을 여기 사람들은 버리지 않는다.

그리고는 풀을 뜯어 온다. 풀, 이처럼 평범한 것이 또 있을까. 그들에게 있어서는 초록빛의 물건이란 어떤 것이고간에 다시없이 심심한 것이다. 그러나 하는 수 없다. 곡식을 뜯는 것도 금제니까 풀밖에 없다.

돌멩이로 풀을 짓찧는다. 푸르스레한 물이 돌에 가 염색된다. 그러면 그 돌과 그 풀은 팽개치고 또 다른 풀과 돌멩이를 가져다가 똑같은 짓을 반복한다. 한 10분 동안이나 아무 말이 없이 잠자코 이렇게 놀아 본다.

10분 만이면 권태가 온다. 풀도 싱겁고 돌도 싱겁다. 그러면 그 외에 무엇이 있나? 없다.

그들은 일제히 일어선다. 질서도 없고 충동의 재료도 없다. 다만 그저 앉았기 싫으니까 이번에는 일어서 보았을 뿐이다.

일어서서 두 팔을 높이 하늘을 향하여 쳐든다. 그리고 비명에 가까운 소리를 질러 본다. 그러더니 그냥 그 자리에서들 경중경중 뛴다. 그러면서 그 비명을 겸한다.

나는 이 광경을 보고 그만 눈물이 났다. 여북하면 저렇게 놀까. 이들은 놀 줄조차 모른다. 어버이들은 너무 가난해서 이들 귀여운 애기들에게 장난감을 사다줄 수가 없었던 것이다.

이 하늘을 향하여 두 팔을 뻗치고 그리고 소리를 지르면서 뛰는 그들의 유희가 내 눈에는 암만해도 유희같이 생각되지 않는다.

하늘은 왜 저렇게 어제도 오늘도 내일도 푸르냐, 산은, 벌판은 왜 저렇게 어제도 오늘도 내일도 푸르냐는, 조물주에게 대한 저주의 비명이 아니고 무엇이랴.

아이들은 짖을 줄조차 모르는 개들과 놀 수는 없다. 그렇다고 모이 찾느라고 눈이 벌건 닭들과 놀 수도 없다. 아버지도 어머니도 너무나 바쁘다. 언니 오빠조차 바쁘다. 역시 아이들은 아이들끼리 노는 수밖에 없다. 그런데 대체 무엇을 갖고 어떻게 놀아야 하나. 그들에게는 장난감 하나가 없는 그들에게는 영영 엄두가 나서지를 않는 것이다. 그들은 이렇듯 불행하다.

그 짓도 5분이다. 그 이상 더 길게 이 짓을 하자면 그들은 피로할 것이다. 순진한 그들이 무슨 까닭에 피로해야 되나? 그들은 위선 싱거워서 그 짓을 그만둔다.

그들은 도로 나란히 앉는다. 앉아서 소리가 없다. 무엇을 하나. 무슨 종류의 유희인지, 유희는 유희인 모양인데…… 이 권태의 왜소 인간들은 또 무슨 기상천외의 유희를 발명했나.

5분 후에 그들은 비키면서 하나씩 둘씩 일어선다. 제각각 대변을 한 무더기씩 누어 놓았다. 아, 이것도 역시 그들의 유희였다. 속수무책의 그들 최후의 창작 유희였다. 그러나 그중 한 아이가 영 일어나지를 않는다. 그는 대변이 나오지 않는다. 그럼 그는 이번 유희의 못난 낙오자임에 틀림없다. 분명히 다른 아이들 눈에 조소의 빛이 보인다. 아, 조물주여! 이들을 위하여 풍경과 완구를 주소서.

7

　날이 어두워졌다. 해저와 같은 밤이 오는 것이다. 나는 자못 이상하다.

　가만히 생각해 보면 나는 배가 고픈 모양이다. 이것이 정말이라면 그럼 나는 어째서 배가 고픈가. 무엇을 했다고 배가 고픈가.

　자기 부패 작용이나 하고 있는 웅덩이 속을 실로 송사리떼가 쏘다니고 있더라. 그럼 내 장부(臟腑) 속으로도 나로서 자각할 수 없는 송사리떼가 준동하고 있나 보다. 아무튼 나는 밥을 아니 먹을 수는 없다.

　밥상에는 마늘장아찌와 날된장과 풋고추 조림이 관성의 법칙처럼 놓여 있다. 그러나 먹을 때마다 이 음식이 내 입에 내 혀에 다르다. 그러나 나는 그 까닭을 설명할 수 없다.

　마당에서 밥을 먹으면 머리 위에서 그 무수한 별들이 야단이다. 저것은 또 어쩌라는 것인가. 내게는 별이 천문학의 대상이 될 수 없다. 그렇다고 시상(詩想)의 대상도 아니다. 그것은 다만 향기도 촉감도 없는 절대 권태의 도달할 수 없는 영원한 피안이다. 별조차가 이렇게 싱겁다.

　저녁을 마치고 밖으로 나와 보면 집집에서는 모깃불의 연기가 한창이다. 그들은 마당에서 멍석을 펴고 잔다. 별을 쳐다보면서 잔다. 그러나 그들은 별을 보지 않는다. 그 증거로는 그들은 멍석에 눕자마자 눈을 감는다. 그리고는 눈을 감자마자 쿨쿨 잠이 든다. 별은 그들과 관계없다.

 나는 소화를 촉진시키느라고 길을 왔다갔다 한다. 되돌아설 적마다 멍석 위에 누운 사람의 수가 늘어 간다.

 이것이 시체와 무엇이 다를까? 먹고 잘 줄 아는 시체. 나는 이런 실례로운 생각을 정지해야만 되겠다. 그리고 나도 가서 자야겠다.

 방에 돌아와 나는 나를 살펴본다. 모든 것에서 절연된 지금의 내 생활…… 자살의 단서조차 찾을 길이 없는 지금의 내 생활은 과연 권태의 극, 그것이다.

 그렇건만 내일이라는 것이 있다. 다시는 날이 새지 않는 것 같기도 한 밤 저쪽에 또 내일이라는 놈이 한 개 버티고 서 있다. 마치 흉맹한 형리처럼……. 나는 그 형리를 피할 수 없다. 오늘이 되어 버린 내일 속에서 또 나는 질식할 만큼 심심해해야 되고 기막힐 만큼 답답해해야 된다.

 그럼 오늘 하루를 나는 어떻게 지냈던가. 이런 것은 생각할 필요가 없으리라. 그냥 자자! 자다가 불행히, 아니 다행히 또 깨거든 최 서방의 조카와 장기나 또 한판 두지. 웅덩이에 가서 송사리를 볼 수도 있고. 몇 가지 안 남은 기억을 소처럼 반추하면서 끝없이 나태를 즐기는 방법도 있지 않느냐.

 불나비가 달려들어 불을 끈다. 불나비는 죽었든지 화상을 입었으리라. 그러나 불나비라는 놈은 사는 방법을 아는 놈이다. 불을 보면 뛰어들 줄도 알고, 평상에 불을 초조히 찾아다닐 줄도 아는

권태

정열의 생물이니 말이다.

　그러나 여기 어디 불을 찾으려는 정열이 있으며 뛰어들 불이 있느냐. 없다. 나에게는 아무것도 없고, 아무것도 없는 내 눈에는 아무것도 보이지 않는다.

　암흑은 암흑인 이상 이 좁은 방 것이나 우주에 꽉 찬 것이나 분량상 차이가 없으리라. 나는 이 대소 없는 암흑 가운데 누워서 숨 쉴 것도 어루만질 것도 또 욕심나는 것도 아무것도 없다. 다만 어디까지 가야 끝이 날지 모르는 내일, 그것이 또 창 밖에 등대(等待)하고 있는 것을 느끼면서 오들오들 떨고 있을 뿐이다.

산촌여정(山村餘情)
―성천 기행 중의 몇 절

1

향기로운 MJB[1]의 미각을 잊어버린 지도 20여 일이나 됩니다. 이곳에는 신문도 잘 아니 오고 체전부는 이따금 하도롱[2] 빛 소식을 가져옵니다. 거기는 누에고치와 옥수수의 사연이 적혀 있습니다. 마을 사람들은 멀리 떨어져 사는 일가 때문에 수심이 생겼나 봅니다. 나도 도회에 남기고 온 일이 걱정이 됩니다.

건너편 팔봉산에는 노루와 멧돼지가 있답니다. 그리고 기우제 지내던 개골창까지 내려와서 가재를 잡아먹는 곰을 본 사람도 있

1) 커피 상표.
2) hard rolled paper. 다갈색 종이.

습니다. 동물원에서밖에 볼 수 없는 짐승, 산에 있는 짐승들을 사로잡아다가 동물원에 갖다 가둔 것이 아니라, 동물원에 있는 짐승들을 이런 산에다 내어놓아 준 것만 같은 착각을 자꾸만 느낍니다. 밤이 되면 달도 없는 그믐 칠야에 팔봉산도 사람이 침소로 들어가듯이 어둠 속으로 아주 없어져 버립니다.

그러나 공기는 수정처럼 맑아서 별빛만으로라도 넉넉히 좋아하는 〈누가복음〉도 읽을 수 있을 것 같습니다. 그리고 또 참 별이 도회에서보다 갑절이나 더 많이 나옵니다. 하도 조용한 것이 처음으로 별들의 운행하는 기척이 들리는 것도 같습니다.

객주집 방에는 석유 등잔을 켜 놓습니다. 그 도회지의 석간(夕刊)과 같은 그윽한 냄새가 소년 시대의 꿈을 부릅니다. 정형! 그런 석유 등잔 밑에서 밤이 이슥하도록 '호까'〔연초갑지(煙草匣紙)〕 붙이던 생각이 납니다. 배짱이가 한 마리 등잔에 올라앉아서 그 연둣빛 색채로 혼곤한 내 꿈에 마치 영어 'T' 자를 쓰고 건너긋듯이 유다른 기억에다는 군데군데 언더라인을 하여 놓습니다. 슬퍼하는 것처럼 고개를 숙이고 도회의 여차장이 차표 찍는 소리 같은 그 성악을 가만히 듣습니다. 그러면 그것이 또 이발소 가위 소리와도 같아집니다. 나는 눈까지 감고 가만히 또 자세히 들어 봅니다.

그리고 비망록을 꺼내어 머루빛 잉크로 산촌의 시정(詩情)을 기초합니다.

그저께신문을찢어버린
　때묻은흰나비
　봉선화는아름다운애인의귀처럼생기고
　귀에보이는지난날의기사

　얼마 있으면 목이 마릅니다. 자리끼[1] — 심해처럼 가라앉은 냉수를 마십니다. 석영질 광석 냄새가 나면서 폐부에 한난계(寒暖計)같은 길을 느낍니다. 나는 백지 위에 그 싸늘한 곡선을 그리라면 그릴 수도 있을 것 같습니다.

　청석 얹은 지붕에 별빛이 내려쬐면 한겨울에 장독 터지는 것 같은 소리가 납니다. 벌레 소리가 요란합니다. 가을이 이런 시간에 엽서 한 장에 적을 만큼씩 오는 까닭입니다. 이런 때 참 무슨 재주로 광음을 헤아리겠습니까? 맥박 소리가 이 방 안을 방째 시계로 만들어 버리고 장침과 단침의 나사못이 돌아가느라고 양쪽 눈이 번갈아 간질간질합니다. 코로 기계 기름 냄새가 드나듭니다. 석유 등잔 밑에서 졸음이 오는 기분입니다.

　파라마운트 회사 상표처럼 생긴 도회 소녀가 나오는 꿈을 조금 꿉니다. 그러다가 어느 도회에 남겨 두고 온 가난한 식구들을 꿈에 봅니다. 그들은 포로들의 사진처럼 나란히 늘어섭니다. 그리고 내게 걱정을 시킵니다. 그러면 그만 잠이 깨어 버립니다.

　1) 잠자리의 머리맡에 놓아 두는 물.

죽어 버릴까 그런 생각을 하여 봅니다. 벽 못에 걸린 다 해진 내 저고리를 쳐다 봅니다. 서도천리(西道千里)를 나를 따라 여기 와 있습니다그려!

2

등잔 심지를 돋우고 불을 켠 다음 비망록에 철필로 군청빛 '모'를 심어 갑니다. 불행한 인구가 그 위에 하나하나 탄생합니다. 조밀한 인구가…….

내일은 진종일 화초만 보고 놀리라, 탈지면에다 알코올을 묻혀서 온갖 근심을 문지르리라, 이런 생각을 먹습니다. 너무도 꿈자리가 뒤숭숭하여서 그러는 것입니다. 화초가 피어 만발하는 꿈, 그라비어 원색판 꿈, 그림 책을 보듯이 즐겁게 꿈을 꾸고 싶습니다. 그러면 간단한 설명을 위하여 상쾌한 시를 지어서 7포인트 활자로 배치하는 것도 좋습니다.

도회에 화려한 고향이 있습니다. 활엽수만으로 된 산이 고향의 시각을 가려 버린 이 산촌에 팔봉산 허리를 넘는 철골 전신주가 소식의 제목만을 부호로 전하는 것 같습니다.

아침에 볕에 시달려서 마당이 부스럭거리면 그 소리에 잠을 깹니다. 하루라는 짐이 마당에 가득한 가운데 새빨간 잠자리가 병균처럼 활동합니다. 끄지 않고 잔 석유 등잔에 불이 그저 켜진 채 소실된 밤의 흔적이 낡은 조끼 단추처럼 남아 있습니다. 작야(昨夜)를 방문할 수 있는 요비링[1]입니다. 지난밤의 체온을 방 안에 내던진 채 마당에 나서면 마당 한 모퉁이에는 화단이 있습니다. 불타 오르는 듯한 맨드라미 꽃 그리고 봉선화.

지하에서 빨아 올리는 이 화초들의 정열에 호흡이 더워 오는 것 같습니다. 여기 처녀 손톱 끝에 물들일 봉선화 중에는 흰 것도 섞였습니다. 흰 봉선화도 붉게 물들까…… 조금 이상스러울 것 없이 흰 봉선화는 꼭두서니 빛으로 곱게 물듭니다.

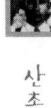

수수깡 울타리에 오렌지 빛 여주가 열렸습니다. 당콩 넝쿨과 어우러져서 세피아 빛을 배경으로 하는 일폭의 병풍입니다. 이 끝으로는 호박 넝쿨 그 소박하면서도 대담한 호박꽃에 스파르타 식 꿀벌이 한 마리 앉아 있습니다. 농황색에 반영되어 세실 B. 데밀의 영화처럼 화려하며 황금색으로 치사(侈奢)합니다. 귀를 기울이면 르네상스 응접실에서 들리는 선풍기 소리가 납니다.

야채 사라다에 놓이는 아스파라거스 잎사귀 같은 또 무슨 화초가 있습니다. 객주집 아해에게 물어 봅니다. '기상꽃'—기생화(妓生花)란 말입니다.

1) 초인종을 뜻하는 일본어.

무슨 꽃이 피나―진홍 비단꽃이 핀답니다.

선조(先祖)가 지정하지 아니한 조셋트 치마에 웨스트민스터 궐련을 감아 놓은 것 같은 도회의 기생의 아름다움을 연상하여 봅니다. 박하보다도 훈훈한 리그레추잉껌 냄새 두꺼운 장부를 넘기는 듯한 그 입맛 다시는 소리―그러나 아마 여기 필 기생꽃은 분명히 혜원(蕙園) 그림에서 보는 것 같은―혹은 우리가 소년 시대에 보던 떨떨 인력거에 홍일산(紅日傘) 받은, 지금은 지난날의 삽화인 기생일 것 같습니다.

청둥호박이 열렸습니다. 호박 고자리에 무 시루떡…… 그 훅훅 끼치는 구수한 김에 좇아서 증조할아버지의 시골뜨기 망령들은 정월 초하룻날 한식날 오시는 것입니다. 그러나 저 국가 백년의 기반을 생각게 하는 넓적하고도 묵직한 안정감과 침착한 색채는 럭비구를 안고 뛰는 이 제너레이션의 젊은 용사의 굵직한 팔뚝을 기다리는 것도 같습니다.

유자가 익으면 껍질이 벌어지면서 속이 비어져 나온답니다. 하나를 따서 실 끝에 매어서 방에다가 걸어 둡니다. 물방울져 떨어지는 풍염한 미각 밑에서 연필같이 수척하여 가는 이 몸에 조금씩 조금씩 살이 오르는 것 같습니다. 그러나 이 야채도 과실도 아닌 유머러스한 용적에 향기가 없습니다. 다만 세숫비누에 한 겹씩 한 겹씩 해소되는 내 도회의 육향(肉香)이 방 안에 배회할 뿐입니다.

3

　팔봉산 올라가는 초경 입구 모퉁이에 최○○ 송덕비와 또 ○○ ○○ 아무개의 영세불망비가 항공우편 포스트처럼 서 있습니다. 듣자니 그들은 다 아직도 생존하여 계시다 합니다. 우습지 않습니까?

　교회가 보고 싶었습니다. 그래서 예루살렘 성역을 수만 리 떨어져 있는 이 마을의 농민들까지도 사랑하는 신 앞에서 회개하고 싶었습니다. 발길이 찬송가 소리 나는 곳으로 갑니다. 포플러 나무 밑에 염소 한 마리를 매어 놓았습니다. 구식으로 수염이 났습니다. 나는 그 앞에 가서 그 총명한 동공을 들여다봅니다. 셀룰로이드로 만든 정교한 구슬을 오블라토로 싼 것같이 맑고 투명하고 깨끗하고 아름답습니다. 도색(桃色) 눈자위가 움직이면서 내 삼정(三停)과 오악(五岳)[1)]이 고르지 못한 빈상을 업신여기는 중입니다.

　옥수수밭은 일대 관병식(觀兵式)입니다. 바람이 불면 갑주(甲冑) 부딪치는 소리가 우수수 납니다. 카민 빛 꼬꼬마가 뒤로 휘면서 너울거립니다. 팔봉산에서 총소리가 들렸습니다. 장엄한 예포 소리가 분명합니다. 그러나 그것은 내 곁에서 소조(小鳥)의 간을

주
──────────────────────────
　1) 이마, 코, 턱, 좌우 광대뼈.

떨어뜨린 공기총 소리였습니다. 그러면 옥수수밭에서 백, 황, 흑, 회, 또 백, 가지각색의 개가 퍽 여러 마리 열을 지어서 걸어 나옵니다. 센슈얼한 계절의 흥분이 코사크 관병식을 한층 더 화려하게 합니다.

산삼이 풀어져 흐르는 시내 징검다리 위에는 백채(白菜) 씻은 자취가 있습니다. 풋김치의 청신한 미각이 안약 '스마일'을 연상시킵니다. 나는 그 화성암으로 반들반들한 징검다리 위에 삐뚤어진 N자로 쪼그리고 앉았노라면 시야에 물동이를 이고 주저하는 두 젊은 새악시가 있습니다. 나는 미안해서 일어나기는 났으면서도 일부러 마주보면서 그리로 걸어갑니다. 스칩니다. 하도롱 빛 피부에서 푸성귀 냄새가 납니다. 코코아 빛 입술은 머루와 다래로 젖었습니다. 나를 아니 보는 동공에는 정제된 창공이 간쓰메[1]가 되어 있습니다.

M백화점 미소노 화장품 스위트 걸이 신은 양말은 이 새악시들의 피부색과 똑같은 소맥(小麥) 빛이었습니다. 빼뚜름히 붙인 초유선형 모자, 고양이 배에 파스너[2]를 장치한 가붓한 핸드백 — 이렇게 도회의 참신하다는 여성들을 연상하여 봅니다. 그리고 새벽 아스팔트를 구르는 창백한 공장 소녀들의 회충과 같은 손가락을 연상하여 봅니다. 그 온갖 계급의 도회 여인들 연약한 피부 위에

1) 통조림을 뜻하는 일본어.
2) fastener. 지퍼와 클립처럼 잠그는 데 쓰는 물건.

는 그네들의 빈부를 묻지 않고 온갖 육중한 지문을 느끼지 않습니까.

4

그러나 가난하나마 무명같이 튼튼한 피부 위에 오점이 없고 '추잉껌' '초콜릿' 대신에 응어리는 빼어 먹고 달짝지근한 꽈리를 불며 숭굴숭굴한 이 시골 새악시들을 더 나는 끔찍이 알고 싶습니다. 축복하여 주고 싶습니다. 교회는 보이지 않습니다. 도회인의 교활한 시선이 수줍어서 수풀 사이로 숨어 버리고 종소리의 여운만이 근처에 냄새처럼 남아서 배회하고 있습니다. 혹 그것은 안식을 잃은 내 혼이 들은 바 환청에 지나지 않았는지도 모릅니다.

조밭 한복판에 높은 뽕나무가 있습니다. 뽕 따는 새악시가 전공부(電工夫)처럼 높이 나무 위에 올랐습니다. 순백의 가장 탐스러운 과실이 열렸습니다. 둘이서는 나무에 오르고 하나가 나무 밑에서 다랭이를 채우고 있습니다. 한두 잎만 따도 다랭이가 철철 넘는 민요의 무대면입니다.

조 이삭은 다 말라 죽었습니다. 코르크처럼 가벼운 이삭이 근심스럽게 고개를 숙였습니다. 오 ─ 비야 좀 오려무나, 해면처럼 물을 빨아들이고 싶어 죽겠습니다. 그러나 하늘은 금(禁)한 듯이 구름이 없고 푸르고 맑고 또 부숭부숭하니 깊지 못한 뿌리의 SOS가

암반 아래로 흐르는 지하수에 다다르겠습니까?

두 소년이 고무신을 벗어 들고 시냇물에 발을 잠가 고기를 잡습니다. 지상의 원한이 스며 흐르는 정맥―그 불길하고 독한 물에 어떤 어족이 살고 있는지―시내는 대지의 신열을 뚫고 벌판 기울어진 방향으로 흐르고 있습니다. 그것은 가을의 풍설(風說)입니다.

가을이 올 터인데 와도 좋으냐고 쏘근쏘근하지 않습니까? 조 이삭이 초례청 신부가 절할 때 나는 소리같이 부수수 구깁니다. 노회한 바람이 조 잎새에게 난숙(爛熟)을 최촉(催促)하는 것입니다. 그러나 조의 마음은 푸르고 초조하고 어렵니다.

조밭을 어지러뜨린 자는 누구냐?―기왕 안 될 조이거늘―그런 마음으로 그랬나요? 몹시 어지러뜨려 놓았습니다. 누에, 호호(戶戶)에 누에가 있습니다. 조 이삭보다도 굵직한 누에가 삽시간에 뽕잎을 먹습니다. 이 건강한 미각은 왕후와 같이 존경스러우며 치사(侈奢)스럽습니다. 새악시들은 뽕 심부름하는 것으로 몸의 마지막 광영을 삼습니다. 그러나 뽕이 떨어졌습니다. 온갖 폐백이 동이 난 것과 같이 새악시들의 정열은 허둥지둥하는 것입니다.

야음을 타서 새악시들은 경장(輕裝)으로 나섭니다. 얼굴의 홍조가 가리키는 방향으로……. 뽕나무에 우승배가 놓여 있습니다. 그리로만 가면 되는 것입니다. 조밭을 짓밟습니다. 자외선에 맛있게 그을은 새악시들의 발이 그대로 조 이삭을 무찌르고 스크럼(scrum)입니다. 그리하여 하늘에 닿을 지성이 천고마비 잠실 안에 있는 성스러운 귀족 가축들을 살찌게 하는 것입니다. 콜레트 부인의 '빈묘(牝描)'[1]를 생각게 하는 말캉말캉한 로맨스입니다.

5

간이학교 곁집 길가에서 들여다 보이는 방에 틀이 떠들고 있습니다. 편발(編髮) 처녀가 맨발로 기계를 건드리고 있습니다. 그러면 기계는 허리를 스치는 가느다란 실이 간지럽다는 듯이 깔깔깔깔 대소하는 것입니다. 웃으며 지근대며 명산(名産) ○○명주가 짜여 나오니 열댓자 수건이 성묘갈 때 입을 때때를 만들고 시집살이 설움을 씻어 주고 또 꿈과 꿈을 말소하는 쓰레받기도 되고…… 이렇게 실없는 내 환희입니다.

담배가게 곁방 안에는 오늘 황혼을 미리 가져다 놓았습니다. 침침한 몇 갤런의 공기 속에 생생한 침엽수가 울창합니다. 황혼에만 사는 이민 같은 이국 초목에는 순백의 갸름한 열매가 무수히 열렸습니다. 고치 — 귀화한 마리아들이 최신 지혜의 과실을 단려(端麗)한 맵시로 따고 있습니다. 그 아들의 불행한 최후를 슬퍼하며 크리스마스트리를 헐어 들어가는 '피에타' 화폭 전도(全圖)입니다.

1) 프랑스 여성 소설가 콜레트의 《암코양이》를 가리킴.

학교 마당에는 코스모스가 피어 있고 생도들은 글을 배우고 있습니다. 그들은 열심히 간단한 산술을 놓아 그들의 정직과 순박을 지혜와 교활로 환산하고 있습니다. 탄식할 이식산(利息算)이 아니겠습니까? 족보를 찢어 버린 것과 같은 흰 나비가 두어 마리 백묵 냄새 나는 화단 위에서 번복이 무상합니다. 또 연식 테니스 공의 마개 뽑는 소리가 음향의 흔적이 되어서는 등고선의 각점 모양으로 남아 있는 것 같습니다. 이 마당에서 오늘 밤에 금융조합 선전 활동사진회가 열립니다. 활동사진? 세기의 총아, 온갖 예술 위에 군림하는 넘버 제8예술의 승리, 그 고답적이고도 탕아적인 매력을 무엇에다 비하겠습니까? 그러나 이곳 주민들은 활동사진에 대하여 한낱 동화적인 꿈을 가진 채 있습니다. 그림이 움직일 수 있는 이것은 참 홍모(紅毛) 오랑캐의 요술을 배워 가지고 온 것 같으면서도 같지 않은 동포의 부러운 재간입니다.

　활동사진을 보고 난 다음에 맛보는 담백한 허무. 장주(莊周)의 호접몽이 이러하였을 것입니다. 나의 동글납작한 머리가 그대로 카메라가 되어 피곤한 더블렌즈로나마 몇 번이나 이 옥수수 무르익어가는 초추(初秋)의 정경을 촬영하였으며 영사하였던가. 플래시백으로 흐르는 엷은 애수, 도회에 남아 있는 몇 고독한 팬에게 보내는 단장(斷腸)의 스틸이다.

6

밤이 되었습니다. 초열흘 가까운 달이 초저녁이 조금 지나면 나옵니다. 마당에 멍석을 펴고 전설 같은 시민이 모여듭니다. 축음기 앞에서 고개를 갸웃거리는 북극 펭귄 새들이나 무엇이 다르겠습니까? 짧고도 기다란 인생을 적어 내려갈 편전지(便箋紙) ― 스크린이 박모(薄暮) 속에서 바이오그래피의 예비 표정입니다. 내가 있는 건너편 객주집에 든 도회풍 여인도 왔나 봅니다. 사투리의 합음이 마당 안에서 들립니다.

시작입니다. 부산 잔교(棧橋)가 나타납니다. 평양 모란봉입니다. 압록강 철교가 역사적으로 돌아갑니다. 박수와 갈채. 태서(泰西)의 명감독이 바야흐로 안색이 없습니다. 10분 휴게시간에 조합이사의 통역부(通譯附) 연설이 있었습니다.

달은 구름 속에 있습니다. '금연'이라는 느낌입니다. 연설하는 이사 얼굴에 전등의 '스포트'도 비쳤습니다. 산천초목이 다 경동할 일입니다. 전등, 이곳 촌민들은 ○○행 자동차 헤드라이트 외에 전등을 본 일이 없습니다. 그 눈이 부시게 밝은 광선 속에서 창백한 이사는 강단(降壇)하였습니다. 우매한 백성들은 이 이사의 웅변에 한 사람도 박수치지 않았습니다. 물론 나도 그 우매한 백성 중의 하나일 수밖에 없었습니다만…….

밤 11시나 지나서 영화감상의 밤은 해피엔드였습니다. 조합원들과 영사기사는 이 촌 유일의 음식점에서 위로회를 열었습니다.

나는 객사로 돌아와서 죽어 가는 등잔 심지를 돋우고 독서를 시작하였습니다. 그것은 이웃방에 묵고 계신 노신사께서 내 나타(懶惰)와 우울을 훈계하는 뜻으로 빌려 주신 고다 로한 박사의 지은 바 《인의 도(道)》라는 진서(珍書)입니다. 개가 멀리서 끊일 사이 없이 이어 짖어댑니다. 그윽한 하이칼라 방향(芳香)을 못 잊어 군중은 아직도 헤어지지 않았나 봅니다.

구름이 걷히고 달이 나왔습니다. 벌레가 무답회(舞踏會)의 창문을 열어 놓은 것처럼 와짝 요란스럽습니다. 알지 못하는 노방(路傍)의 인(人)을 사모하는 도회인적인 향수가 있습니다. 신간잡지의 표지와 같이 신선한 여인들 — '넥타이'와 동갑인 신사들 그리고 창백한 여러 동무들 — 나를 기다리지 않는 고향 — 도회에 내 나체의 말씀을 번안하여 보내 주고 싶습니다. 잠 — 성경을 채자(採字)하다가 엎질러 버린 인쇄직공이 아무렇게나 주워 담은 지리멸렬한 활자의 꿈. 나도 갈갈이 찢어진 사도가 되어서 세 번 아니라 열 번이라도 굶는 가족을 모른다고 그립니다.

근심이 나를 제한 세상보다 큽니다. 내가 갑문(閘門)을 열면 폐허가 된 이 육신으로 근심의 호수가 스며들며 옵니다. 그러나 나는 나의 마조히스트 병마개를 아직 뽑지는 않습니다. 근심은 나를 싸고 돌며 그러는 동안에 이 육신은 풍마우세(風磨雨洗)로 다 말라 없어지고 말 것입니다.

밤의 슬픈 공기를 원고지 위에 깔고 창백한 동무에게 편지를 씁니다. 그 속에는 자신의 부고(訃告)도 동봉하여 있습니다.

혈서삼태(血書三態)

혈서삼태

오스카 와일드

　내가 불러 주고 싶은 이름은 '욱(旭)' 은 아니다. 그러나 그 이름을 욱이라고 불러 두자. 1930년만 하여도 욱이 제 여형단발(女形斷髮)과 같이 한없이 순진하였고 또 욱이 예술의 길에 정진하는 태도, 열정도 역시 순진하였다. 그해에 나는 하마터면 죽을 뻔한 중병에 누웠을 때 욱은 나에게 주는 형언하기 어려운 애정으로 하여 쓸쓸한 동경 생활에서 몇 개월이 못 되어 하루에도 두 장 석 장의 엽서를 마치 결혼식장에서 화동이 꽃 이파리를 걸어가면서 흩뜨리는 가련함으로 나에게 날려 주며 연락선 갑판상에서 흥분하였느니라.
　그러나 욱은 나의 병실에 나타나기 전에 그 고향 군산에서 족부(足部)에 꽤 위험한 절개수술을 받고 그 또한 고적한 병실에서 그 몰락하여 가는 가정을 생각하며 그의 병세를 근심하며 끊이지 않고 그 화변(花辨) 같은 엽서를 나에게 주었다.

　네가 족부의 완치를 얻기도 전에 너는 너의 풀죽은 아버지를 위하여 마음에 없는 심부름을 하였으며 최후의 추수를 수위(守衛)하면서 고로운 격난도 많이 하였고 그것들 기억이 오늘 네가 그 때 나에게 준 엽서를 끄집어내어 볼 것까지도 없이 나에게는 새롭다. 그러나 그 추우비비(秋雨霏霏)거리는 몇 날의 생활이 나에게서부터 그 플라토닉한 애정을 어느 다른 한군데에다 옮기게 된 첫 원인이었는가 한다.

　욱은 그후 머지아니하야 손바닥을 툭툭 털듯이 가벼운 몸으로 화구(畵具)의 잔해를 짊어지고 다시 나의 가난한 살림 속으로, 또 나의 애정 속으로 기어들어오는 것같이 하면서 섞여 들어왔다. 우리는 그 협착한 단칸방 안에 100호나 훨씬 넘는 캔버스를 버티어 놓고 마음 가는 데까지 자유로이 분방스러히 창작생활을 하였으며 혼연한 영(靈)의 포옹 가운데에 오히려 서로를 잇는 몰아의 경지에 놀 수 있었느니라.

　그러나 욱 너도 역시 그부터 올라오는 불 같은 열정을 능히 단편단편으로 토막쳐 놓을 수 있는 냉담한 일면을 가진 영리한 서생(書生)이었다.

관능위조(官能僞造)

　생활에 면허가 없는 욱의 눈에 매춘부와 성모의 구별은 어려웠다. 나는 그때 창작도 아니요 수필도 아닌 〈목로의 마리아〉라는 글을 퍽 길게 써보던 중이요 또 그 중에 서경적인 것의 몇 장을 욱에게 보낸 일도 있었다. 항간에서 늘 목도하는 '언쟁하는 마리아 군상' 보다도 훨씬 청초하여 가장 대리석에 가까운 마리아를 마포강변 목로술집에서 찾았다는 이야기다. 이 〈목로의 마리아〉 수장(數章)이 욱에게 그 풍전등화 같은 비밀을 이야기하여도 좋은 이유와 용기와 안심을 주었던지 그는 밤이 으슥하도록 나를 함부로 길거리로 끌고 다니면서 그 길고도 사정 많은 이야기를 나에게 들려 주었다. 그것은 너무도 끔찍하여서 나에게 발광(發狂)의 종이 한 장 거리에 접근할 수 있게 한 그런 이야기인데 요컨대 욱의 동정이 천생 매춘부에게 헌상되고 말았다는 해피엔드, 집에 돌아와서 우표딱지만한 사진 한 장과 삼팔수건(三八手巾)에 적힌 혈서 하나와 싹독 잘라낸 머리카락 한 다발을 신중한 태도로 나에게 보여주었다.

혈서삼태

　사진은 너무 작고 희미하고 해서 그 인상을 재현시키기도 어려운 것이었고 머리는 흡사 연극할 때 쓰는 채플린의 수염보다는 조금 클까말까한 것이었고 그러나 혈서만은 썩 미술적으로 된 것인데 욱의 예술적 천분이 충분히 나타났다고 볼 만한 가위 걸작의 부류에 들어갈 수 있었다. 물론 그것은 그 매춘부 씨의 작품은 아니고 욱 자신의 자작자장(自作自藏)인 것이었다. 삼팔 행커치프 한복판에다가 선명한 예서로 '罪(죄)' 이렇게 한 자를 썼을 따름 물론 낙관도 없었다.

이것이 내가 이 세상에 탄생하여서 참 처음으로 목도한 혈서였고 그런 후로 나의 욱에 대한 순정적 우애도 어느덧 가장 문학적인 태도로 조금씩 변하여 갔다. 다섯 해 세월이 지나간 오늘 엊그제께 하마터면 나를 배반하려 들던 너를 나는 오히려 다시 그리던 날의 순정에 가까운 우정으로 사랑하고 있다. 그만큼 너의 현재의 환경은 너로 하여금 너의 결백함과 너의 무고함을 여실히 나에게 이야기하여 주고 있는 까닭이다.

하이드 씨

내가 부를 이름은 물론 소하(小霞)는 아니올시다. 그러나 소하라고 부른들 어떻겠습니까? 소하! 운명에 대하여는 마조히스트들에게 성욕이란 무엇이겠습니까? 성욕! 성욕은 그럼 농담입니까? 성욕에게 정말 스토리가 없습니까? 태고에는 정말 인류가 장수하였겠습니까?

소하! 나에게는 내가 예술의 길을 걷는데 소위 후견인이 너무 없습니다. 그래서 내가 일찍이 사디슴을 알았을 적에 벌써 성욕을 병발적(竝發的)으로 알았습니다. 이 신성한 파편이요 대타(對他)에 실례적인 자존심을 억제할 만한 아무런 후견인의 감시가 전연 없었습니다.

매춘부에게 대한 사사로운 사상, 그것은 생활에서 얻는 노련에 편달되어 가며 몹시 잠행적으로 진화하여 가는 것이었습니다. 그러기에 영화로 된 스티븐슨의 《지킬 박사와 하이드 씨》 1편이 그 가장 수단적인 데 그칠 예술적 향기 수준이 퍽 낮은 것이라고 해서 차마 '옳다, 가하다' 소리를 입 밖에 못 내어놓는 것이 아니겠습니까? 사실에 소하의 경우를 말하지 않고 나에게는 가장 적은 '지킬 박사'와 훨씬 많은 '하이드 씨'를 소유하고 있다고 고백하고 싶습니다. 나는 물론 소하의 경우에서도 상당한 '지킬 박사'와 상당한 '하이드 씨'를 보기는 봅니다만 그러나 소하가 퍽 보편적인 열정을 얼른 단편으로 사사오입식 종결을 지어 버릴 수 있는 능한 수완이 있는데 반대로 나에게는 윤돈(倫敦) 시가에 끝없이 계속되는 안개와 같이 거기조차 콤마나 피리어드를 찍을 재주가 없습니다.

일상생활의 중압이 나에게 교양의 도태를 부득이하게 하고 있으니 또한 부득이 나의 빈약한 이중성격을 '지킬 박사'와 '하이드 씨'에서 '하이드 씨'와 '하이드 씨'로 이렇게 진화시키고 있습니다.

악령의 감상

발광에서 종이 한 장 거리에 접근할 수 있는 기회를 어린애 같은 의지밖에 소유하지 못한 나는 퍽 싫어합니다. 그러나 거기 혹사(酷似)한 농담을 즐겨합니다. 이것은 소하! 자속(自贖)인가요? 의미의 연장이 조금도 없는 단순하고도 정직한 농담·싱욕! 외국인의 친절을 생리적으로 조금 더 즐거워하는 나는 매춘부에게서 국제적인 친절과 호의를 느낍니다. 소하! 소하도 그런 간단한 농담과 외교는 즐기십디다그려.

　교양은 우리들에게 여분의 상식을 부여하였습니다. 그래서 그 3인의 매춘부의 손에 묻은 붉은 잉크에 대하여서 너무 무관심하였습니다. 나중에 붉은 잉크가 혈액의 색상과 흡사한가 아닌가를 시험한 것인 줄 알았을 때에 폭소를 금치 못하는 가운데에도 그들의 그런 상식과 우리의 이런 상식과는 영원히 교섭이 있을 수 없다는 것을 깨달으면서 요사이 더욱이 이렇게 나와 훨씬 다른 세계에 사는 사람의 심리에 예술적 관심을 척 가지게 된 나로서 절망적인 한심을 느꼈습니다.

　물론 붉은 잉크와 피와는 근사하지도 않은 것이니까 그네들도 대개는 그 혈서가 붉은 잉크는 아닌 무슨 가장 피에 가까운(위조라고 치고 보아도) 재료로 씌어진 것이라는 것을 깨달았을 것인데도 핏빛 나는 잉크가 있느냐는 둥 다른 짐승, 예를 들면 쥐나 닭이나 그런 것들의 피도 사람 피와 빛깔이 같으냐는 둥 그때에 내 마음은 하여튼 소하의 마음은 어떠하셨습니까? 자―이것 좀 보세요, 하고 급기야 집어내어 온 것이 봉투 속에 든 한 장 백지. 우리들이 감정하기도 전에 역시 그네들은 의논이 분분하지 않습디까? 그 혈서는 과연 퍽 문학적인 것으로 천결(闡潔) 명확, 실로 점 하나 찍을 여유가 없는 완전한 걸작이라고 나는 보았습니다. 왈,

"사랑하는 장귀남 씨 / 나의 타는 열정을 / 당신에게 바치노라 / 계유세 정월 모일."

나는 그때 우리들의 농담이 얼마나 봉욕(逢辱)을 당하고 있는가를 느꼈습니다.

소하! 소하는 그때 퍽 신사적인 겸손을 보이십디다만 소하의 입맛이 쓴 것쯤은 나도 알 수 있습디다. 하여간 이 '앨리스' 나라 같은 불가사의한 나라에 제출된 외교 문서에 우리들이 가지고 있는 법률을 적용하려고 하는 것은 도로요 무효일 줄 압니다.

그네들은 입을 모아 그 이튿날 그 발신인이 살고 있고 또 경영하고 있는 점포에 왕림하시겠다는 결의를 하고 있는 것을 보았는데 좀 나도 따라가서 그 천재의 얼굴을 좀 싫토록 보고 오고 싶었습니다. 그런데 그 천재는(그 중의 한 분이 그것이 확실히 사람의 피라는 감정을 받은 다음 별안간 막 술을 퍼붓듯이 마시는 것을 나는 말릴까말까 하고 있다가 흐지부지 그만두었습디다만) 나이 마흔 가량이나 되는 어른이시라고 그러지 않습디까?

우리들의 예술적 실력은(표현 정도는) 수박 겉핥기 정도밖에 아니되나 보더이다. 나는 거리로 쫓겨 나와서 엉엉 울고 싶은 것을 참 억지로 참았습니다.

혈서기삼(血書其三)

이것이 내가 평생에 세 번째 구경한 혈서인데 나는 이런 또 익

살맞은 요절할 혈서는 일찍이 이야기도 못들어 보았다. W카페 주인이 "글쎄, 이것 좀 보세요" 하고 보여주면서 하는 말에 그 한강에 가 빠져 자살한 여급은 자기 아내(첩)인데 마음이 양처럼 순하고 부처님처럼 착하고 또 불쌍하고 또 자기를 다시없이 사랑하였고 한데 자동차 운전수 하나가 뛰어들어와 살살 꾀이다가 말을 잘 안 들으니까 이따위 위조 혈서를 보내서 좀 놀라게 한다는 것이 그만 마음이 약한 Y자(子)가 보고 너무 지나치게 놀라서 그가 정말 죽는다는 줄 알고 그만 겁결에 저렇게 제가 먼저 죽어 버렸으니 생사람만 하나 잡고 그는 여전히 뻔뻔히 살아서 자동차를 뿡뿡거리고 다니니 이런 원통하고 분할 데가 어디 또 있습니까? 그러면서 글쎄 이게 무슨 혈섭니까, 하고 하얀 봉투 속에서 꺼내는 부기지(簿記紙)던가 무지(無地)던가 편지 한 장을 끄집어내어 보여준다. 펜으로 잘디잘게 만리장서 삐뚤삐뚤 시비곡직이 썩 장관이었다.

  나는 첫머리 두어 줄 읽어 내려가다가 욕지거리가 나서 그만두고 대체 피가 어디 있느냐고, 이것은 펜 글씨지 어디 혈서냐고 그랬더니 이게 즉 혈서라는, 즉 피를 내었다는 증거란 말이지요, 하며 저 끄트머리 찍혀 있는 서너 방울 떨어져 있는 지문 묻은 핏자국을 가리킨다. 코피가 났는지, 코피치고도 너무 분량이 적고 빈대 지나가는 것을 아마 터뜨려 죽인 모양인지 정체 자못 불명이다. 그런데 그 장말(章末)에 왈(曰)이, 혈서가 당신에게 배달되는 때는 나는 벌써 이 세상 사람이 아니고 낙원에 가 있을 것이라고……. 요컨대 낙원회관에 애인이 하나 생겼단 말인지도 모를 일이다.

그런데 Y자는 죽었다. 정말 그 편지가 배달되자 죽었다. 그래 이 편지 한 장이 ○○코―사람 하나를 죽일 수가 있을까? 정말 이 편지에 무섭고 겁이 나고 깜짝 놀라서 죽었을까? 나는 또 다른 ○○코들에게서…….

두 사람은 정사를 약속하고 자동차로 한강 인도교 건너까지 나갔다. 자동차는 도로 돌아갔다. 인도교를 걸어오며 두 사람은 사(死)의 법열을 마음껏 느꼈겠지. 마지막으로 거행되는 달콤한 눈물의 키스. Y자는 먼저 신발을 벗고 스프링오버를 벗고 정말 물로 뛰어들었다. 그 무시무시한 낙하, 그 끔찍끔찍한 물결 깨어지는 소리, 죽음이라는 것은 무섭다. 무섭다. 그 번개 같은 공포가 순간 그 남자의 머리에 스치며 그로 하여금 Y자의 뒤를 따라 떨어지는 용기를 막았다. 반쪽만 남은 것 같은 어떤 남자 한 사람이 구두와 외투를 파출소에 계출(屆出)하였다. 그 사람은 이 무서운 농담을 소(消)하려고 자기적(自棄的)으로 자동차에 속력을 놓는다.

그도 그럴 것이지 W카페 주인은 Y자의 동생 ○○학교 재학하는 근면한 소년학도에게 참 아름다운 마음으로 학자(學資)를 지출하여 주고 있다 한다.

서망율도(西望栗島)

삼동에 배꽃이 피었다는 동리에는 마른 나무에 까마귀가 간수처럼 앉아 있을 뿐이었다.

비탈에서는 적토빛 죄수들이 적토를 헐어 낸다. 느끼하니 냄새 풍기는 진창길에 발만 성가시게 적시고 그만 갈 바를 잃었다.

강으로나 가볼까. 울면서 수채화 그리던 바위 위에서 나는 도(度) 없는 안경알을 닦았다. 바위 아래 갈피를 잡지 못하는 3월 강물이 충충하다. 시원찮은 볕이 들었다 났다 하는 밤섬을 서(西)에 두고 역청 풀어 놓은 것 같은 물결을 나는 몇 번이나 몇 번이나 내려다보았다.

향방(鄕邦)의 풍토는 모발 같아
건드리면 새빨개진다.

갯가에서 짐 푸는 소리가 한가하다. 개흙 묻은 장작더미 곁에서 낮닭이 겨웁고 배들은 다 돛폭을 내렸다. 벌써 내려놓은 빨래방망이 소리가 얼마 만에야 그도 등 뒤에서 들려왔다. 나는 별안간 사람이 그리워졌다.

갯가에서 한 집 목로를 들렀다. 손이 없다.

무명조개 껍질이 너덧 석쇠 놓인 화롯가에 헤뜨려져 있을 뿐. 목로 뒷방에서 아주머네가 인사 없이 나온다. 손 베어질 것 같은 소복에 반지는 끼지 않았다.

얼큰한 달래 나물에 한잔 술을 마시며 나는 목로 위에 싸늘한 성모(聖母)를 느꼈다. 아픈 혈족의 '저'를 느꼈다.

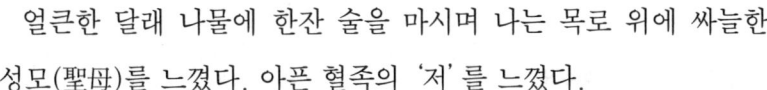
서망율도

향방의 풍토는 모발 같아
건드리면 새빨개진다.

그러고 나서는,

혈족이 저물도록 내 아픈 데가 닿아서
부드러운 구두 속에서도 일마다 아리다.

밤섬이 싹을 틔우려나 보다. 걸핏하면 뺨 얻어맞는 눈에 강 건너 일판이 그냥 노오랗게 헝클어져서는 흐늑히늑해 보인다.

조춘점묘(早春點描)

보험 없는 화재

 격장(隔墻)에서 불이 났다. 흐린 하늘에 눈발이 성기게 날리면서 화염은 오적어(烏賊魚)[1] 모양으로 덩어리 먹을 퍽퍽 토한다. 많은 약품을 취급하는 큰 공장이란다. 거대한 불더미 속에서는 간헐적으로 재채기하듯이 색다른 연기 뭉텅이가 내뿜긴다. 약품이 폭발하나 보다.
 역 송구스러운 말이나 불구경 싫어하는 사람은 없는 것 같다. 뒤꼍으로 돌아가서 팔짱을 끼고 서서 턱살 밑으로 달겨드는 화광(火光)을 쳐다보고 섰자니까 얼굴이 후끈후끈해 들어오는 것이, 꽤 할 만하다. 잠시 황홀한 엑스터시 속에 놀아 본다.
 불을 붙여 놓고 보니까 뜻밖에 너무도 엉성한 그 공장 바라크는

 1) 오징어.

삽시간에 불길에 휘감겨 버리고 그리고 그 휘말린 혓바닥이 인접한 궤딱지 같은 빈민굴을 향하여 널름거리기 시작해서야 겨우 소방대가 달려왔다. 인제 정말 재미있다. 삼방(三方)으로 호스를 들이대고는 빈민굴 지붕 위에 올라서서 야단들이다. 하릴없이 깝친다.

이만큼 떨어져서 얼굴이 뜨거워 못 견디겠으니 거진 화염 속에 들어서다시피 바싹 다가선 소방대들은 어지간하렸다 하면서 여전히 점점 더 사나워 오는 훈훈한 불길을 쬐고 있자니까 이제는 게서 더 못 견디겠는지 호스 꼭지를 쥔 채 지붕에서 뛰어내려온다. 그러면 그렇지, 하고 그 실오라기만도 못한 물줄기를 업신여기자니까 이번에는 호스를 화염 쪽에서 돌려서 잇닿은 빈민굴을 막 축이기 시작이다. 이미 화염에 굴뚝 빨래 널어 놓은 장대를 그슬리기 시작한 집에서들은 세간기명을 끌어내느라고 허겁지겁들 법석이다— 하더니 헐어 내기 시작이다.

타는 것에서는 손을 떼고 성한 집을 헐어 내는 이유는 이 좀 심한 서북풍에 화염의 진로를 차단하자는 속일 것이다. 그러나 아직 불은 붙지도 않았는데 덮어놓고 헐리고 물을 끼얹고 해서 세간기명을 그냥 엉망을 만들어 버린 빈민굴 주민들로 치면 예서 더 억울할 데가 없을 것이다.

하도들 들이몰리고 내몰리고들 좁은 골목 안에서 복닥질들을 치길래 좀 내다보니까 3층장, 의거리, 양푼, 납세 독촉장, 바이올린, 여우 목도리, 다 해진 돗자리, 단장, 스파이크 구두, 구공탄,

조춘점모

풍로, 뭐 이따위 나부랭이가 장이 서다시피 내쌓였다. 그 중에도 이부자리는 물벼락을 맞아서 결딴이 난 것이 보기 사납다.

그제서야 예까지 타들어 오려나 보다 하고 선뜩 겁이 난다. 집으로 들어가 보니까 어머니가 덜덜 떨면서 때 묻은 이불 보퉁이를 뭉쳤다 끌렀다 하면서 갈팡질팡하신다. 코웃음이 문득 나오는 것을 참으면서 "그건 그렇게 싸서 어따가 내놀 작정이십니까?" 하고 묻는다. 생각하여 보면 남의 셋방 신세이니 탄들 다 탄대야 집 한 채 탄 것의 몇 분의 일도 못 되리라.

불길은 인제는 서향 유리창에 환하다. 타려나 보다. 타면 탔지, 하는 일종 비유하기 어려운 허무한 생각에서 다시 뒤꼍으로 돌아가서 불구경을 계속한다.

그동안에도 만일 불이 정말 이 일대를 소진하고야 말 작정이라면 제일 먼저 꺼내 와야 할 것이 무엇일까를 생각하여 보았다.

그러나 아무것도 선뜻 떠오르는 게 없다. 그럼 다 타도 좋다는 심리인가? 아마 그런 게다. 그러나 어머니는 그 다 떨어진 포대기와 빈대투성이 반닫이가 무한히 아까운 모양이었다.

또 저 걸레 나부랭이를 길에 내놓았다가 그것들을 줄레줄레 들고 찾아갈 곳이 있나 그것도 생각해 보았으나 그 역시 없다. 일가 혹은 친구—내 한 몸뚱이 같으면 몰라도 이 때 묻은 가족들을 일시에 말없이 수용해 줄 곳은 암만해도 없는 것이다.

불행히 불은 예까지는 오기 전에 꺼졌다. 그 좋은 불구경이 너무 하잘것없이 끝난 것도 섭섭했지만 그와는 달리 무엇이라고 형언할 수 없는 적막을 느꼈다.

 들자니 공장은 화재보험 덕에 한 파운드짜리 알코올 병 하나 꺼내 놓지 않고 수만 원의 보상을 받으리라 한다. 화재보험, 참 이것은 어떤 종류의 고마운 하느님보다도 훨씬 고마운 하느님에 틀림없다.

 어머니는 어찌 되든지간에 그때 마음 같아서는 "빌어먹을! 몽땅 다 타나 버리지" 하고 실없이 심술이 났다. 재산도 그 대신 걸래 조각도 없는 알몸뚱이가 한번 되어 보고 싶었던 게다. 물론 '화재보험 하느님'이 내게 아무런 보상도 끼칠 바는 아니련만…….

단지(斷指)한 처녀

 들판이나 나무에 핀 꽃을 똑 꺾어본 일이 없다. 그건 무슨 제법 야생 것을 더 귀애한답시고 해서 그런 게 아니라 대체가 성격이 비겁하게 생겨먹은 탓이다.

 못 꺾는 축보다는 서슴지 않고 꺾을 수 있는 사람이 역시(매사에 잔인하다는 소리를 듣는 수는 있겠지만) 영단(英斷)이란 우수한 성격적 무기를 가진 게 아닌가 한다.

 끝엣누이 동무 되는 새악시가 그 어머니 임종에 왼손 무명지를 끊었다. 과연 동양 도덕의 최고 수준을 건드렸대서 무슨 상인지 돈 3원을 탔단다. 세월이 세월 같으면 번듯한 홍문이 서야 할 게

제에 돈 3원이란 어떤 도량형법으로 산출한 액수인지는 알 바가 없거니와 그보다도 잠깐 이 단지한 새악시 자신이 되어 생각을 해보니 소름이 끼친다. 사뭇 식도로다 한 번 찍어 안 찍히는 것을 두 번 찍고 세 번 찍고 열 번 찍어 안 넘어가는 나무가 없다는 격으로 기어이 찍어 떨어뜨렸다니 그 하늘이 동할 효성도 효성이지만 우선 이 끔찍끔찍한 잔인성은 상상만 해도 몸서리가 치고 오히려 남음이 있는가 싶다. 이렇게 해서 더러 죽은 어머니를 살리는 수가 있다니 그것을 의학이 어떻게 교묘하게 설명해 줄지는 모르나 도무지 신화 이상의 신화다.

원체가 동양 도덕으로는 신체발부(身體髮膚)에 창이(瘡痍)[1]를 내는 것을 엄중히 취체(取締)한다고 과문(寡聞)이 들어왔거늘 그럼 이 무시무시한 훼상을 왈, 중(中)에도 으뜸이라는 효도의 극치로 대접하는 역설적 이론의 근거를 찾기 어렵다.

무슨 물질적인 문화에 그저 맹종하자는 게 아니라 시대와 생활 시스템의 변천을 좇아서 거기 따르는 역시 새로운 즉, 이 시대와 이 생활에 준거되는 정확한 윤리적 척도가 생겨야 할 것이고가 아니라 의식적으로 입법해 내어야 할 것이다.

단지. 이 너무나 독한 도덕행위는 오늘 우리가 짊어지고 있는 어떤 종류의 생활 시스템이나 사상적 프로그램으로 재어 보아도 송구스러우나 일종의 무지한 만적(蠻的) 사실인 것을 부정하기

1) 병기에 다친 상처.

어려운 외에 아무 취할 것이 없다.

알아보니까 학교도 변변히 못 가본 규중처녀라니 물론 학교에서 얻어 배운 것은 아니겠고, 그렇다면 어른들의 호랑이 담배 먹던 옛 이야기나 그렇지 않으면 울긋불긋한 각설이떼 체효자충신전(體孝子忠臣傳)이 트여준 것임에 틀림없을 것이다. 그밖에 손가락을 잘라서 죽는 부모를 살릴 수 있다는 가엾은 효법을 이 새악시에게 여실히 가르쳐 줄 수 있을 만한 길이 없다. 아, 전설의 힘의 이렇듯 큼이여.

조춘점묘

그러자 수삼일 전에 이 새악시를 보았다. 어머니를 잃은 크나큰 슬픔이 만면에 형언할 수 없는 수색(愁色)을 빚어내는 새악시의 인상은 독하기는커녕 어디 한 군데 험잡을 데조차 없는 가련한 온순한 하디의 《테스》 같은 소녀였다. 누이는 그냥 제 일같이 붙들고 울고 하는 곁에서 단지에 대한 그런 아포리즘과는 딴 감격과 슬픔을 느끼지 않을 수 없었다. 기적으로 상처는 도지지도 않고 그냥 아물었으니 하늘이 무심치 않구나 했다.

하여간 이 양이나 다름없이 부드럽게 생긴 소녀가 제 손가락을 넓적한 식도로다 데꺽 찍어 내었거니는 꿈에도 생각할 수 없다.

다만 그의 가련한 무지와 가증한 전통이 이 새악시로 하여금 어머니를 잃고 또 저는 종생의 불구자가 되게 한 이중의 비극을 낳게 한 것이다.

극구 칭찬하는 어머니와 누이에게 억제하지 못한 슬픔은 슬쩍 감추고 일부러 코웃음을 치고—여자란 대개가 도무지 잔인하게 생겨 먹었습네다. 밤낮으로 고기도 썰고 두부도 썰고 생선 대가리도 족치고 나물도 뜯고 버들가지를 꺾어서는 피리도 만들고 피륙도 찢고 버선감도 싹독싹독 썰어 내고 허구헌 날 하는 일이 일일이 잔인하기 짝이 없는 것뿐이니 아마 제 손가락 하나쯤 비웃한 마리 토막 치는 셈만 치면 찍히지ㅡ하고 흘려 버린 것은 물론 궤변이요, 속으로는 역시 그 갸륵한 지성과 범하기 어려운 일편단심에 아파하지 않을 수 없었고 존경하는 마음으로 하여 머리 수그리지 않을 수는 없었다.

불행히 시대에서 비켜선 지고한 효녀 그 새악시! 그래 돈 3원에다 어느 신문 사회면 저 아래에 칼표딱지만한 우메구사를 장만해 준밖에 무엇이 소저(小姐)의 적막해진 무명지 억울한 사정을 가로맡아 줍디까. 당신을 공경하면서 오히려 단지를 미워하는 심사 저 뒤에는 아주 근본적으로 미워해야 할 무엇이 가로놓여 있는 것을 소저! 그대는 꿈에도 모르리라.

차생윤회(此生輪廻)

길을 걷자면 '저런 인간을랑 좀 죽어 없어졌으면' 하고 골이 벌컥 날 만큼 이 세상에 살아 있지 않아도 좋을, 산댔자 되려 가지가지 해독이나 끼치는밖에 재주가 없는 인생들을 더러 본다. 일전 영화 〈죄와 벌〉에서 얻어들은 '초인법률초월론(超人法律超越論)'이라는 게 뭔지는 모르지만 진보된 인류 우생학적 위치에서 보자면 가령 유전성이 확실히 있는 불치의 난병자, 광인, 주정(酒精) 중독자, 소(所) 유전의 위험이 없더라도 접촉 혹은 공기 전염이 꼭 되는 악저(惡疽)의 유자(有子), 또 도무지 어떻게도 손을 댈 수 없는 절대 걸인 등 다 자진해서 죽어야 하든지 그렇지 않으면 모종의 권력으로 일조일석에 깨끗이 소탕을 하든지 하는 게 옳을 것이다. 극흉 극악의 범죄인도 물론 그 종자를 절멸시켜야 옳을 것인데 이것만은 현행의 법률이 잘 행사해 준다. 그러나(법률에 대한 어려운 이론을 알 바 없거니와) 물론 충분한 증거와 함께 범죄 사실이 노현(露顯)한 경우에 한하여서이다. 영화 〈프랑켄슈타인〉에 나오는 지상 최대의 흉악한 용모의 소유자가 여기도 있다면 그 흉리(胸裏)에는 어떤 극악의 범죄 계획을 내함(內含)하고 있다 하더라도 다만 그의 그 용모 골상이 흉악하다는 이유만으로는 법률이 그에게 판재(判裁)나 처리를 할 수는 없으리라. 법률은 그런 경우에 미행을 붙여서 차라리 이 자의 범죄 현장을 탐탐(耽耽)히 기다릴 것이다. 의아한 자는 벌하지 않는다니 그럴 법하다.

조춘점묘

그러나 또 생각해 보면 걸인도 없고 병자도 없고 범죄인도 없고 하여간 오늘 우리 눈에 거슬리는 온갖 것이 다 깨끗이 없어져 버린 타작마당 같은 말쑥한 세상은 만일 그런 것이 지상에 실현할 수 있다면 지상은 그야말로 심심하기 짝이 없는 권태 그것과 같은 세상일 것이다. 그러니까 자선가의 허영심도 채울 길이 없을 것이고 의사도 변호사도 아니 재판소도 온갖 것이 다 소용이 없어질 것이고 따라서 그날이 그날 같고 이럴 것이니 이래서야 참 정말 속수무책으로 바야흐로 할 일이 없어질 것이다. 이런 춘풍태탕한 세월 속에서 어쩌다가 우연히 부스럼이라도 좀 나는 사람이 하나 있다면 참괴(慙愧) 이것을 이기지 못하여 천하만민 앞에서 아주 깨끗하게 일신을 자결할 것이고 또 그런 세상의 도덕이 그러기를 무언 중에 요구해 놓아둘 것이다.

그게 겁이 나서 그런지는 모르지만 천하의 어떤 우생학자도, 초인법률초월론자도 행정자에게 대하여 정말 이 '살아 있지 않아도 좋을 인간들'의 일제(一齊)한 학살을 제안하거나 요구하지는 않나 보다. 혹 요구된 일이 전대에 더러 있었는지는 모르지만 일찍이 한 번도 이런 대영단적(大英斷的) 우생학을 실천한 행정자는 없는가 싶다. 없을 뿐만 아니라 나환자 사구금(赦救金)이니 빈민구제기관이니 시료병실(施療病室)이니 해서 어쨌든 이네들의 생명에 대하여 아무런 위협도 가하지 않을 뿐 아니라 한편 그윽히 보호하는 기색이 또한 무르녹는다. 가령 종로에서 전차를 기다리자면 "나리 한푼 줍쇼" 하고 달겨든다. 더러 준다. 중에는 "내 10전 줄게 다시는 거지 노릇을 하지 마라" 한 부인이 있다니 구복(拘腹)할 일이다. 또 점두(店頭)에 그 호화 장려한 풍모로 나타나서 "한푼 줍쇼" 소리를 될 수 있는 대로 듣기 싫게 연발하는 인간에게도 불성문(不成文)으로 한푼 주어 보내기로 되어 있다. 그래서 암암리에 사람들은 이 지상의 암(癌)을 잘 기를 뿐만 아니라 은연히 엄호한다. 역(亦) 눈에 띄지 않는 모순이다.

즉 그런 그다지 많지 않은 그러나 결코 적지 않은 한 층(層)을 길러서 이쪽이 제 생활의 어떤 원동력을 게서 얻자는 것인지도 모른다. 목숨이 끊어지지 않을 만큼만 먹여 살려서는 그런 것이 역연히 지상에 있다는 것을 사실로 지적해서는 제 인생 생활의 가치와 레종 데트르[1]를 교만하게 긍정하자는 기획일 것이다. 그러면서 부절히 이 악저로 하여 고통과 협위(脅威)를 느끼는 중에 '네놈이 어디 나 같은 인간이 될 수 있나 해보아라' 하는 형언할 수 없는 무슨 투쟁심을 흉중에 축적시켜서는 '저게 겨울내 안 죽고 또 살앗' 하는 의외에도 생활의 원동력을 급취(汲取)하자는 것일 게다.

조춘점묘

하루 종로를 오르내리는 동안에 세 번 적선을 베푼 일이 있다. 파(破) 기록적 사실임에 틀림없다. 한푼 받아들고 연해 고개를 끄덕이고 꽁무니를 빼는 꼴을 보면서 '네놈 덕에 내가 사람 노릇을 하는 것이다. 알기나 아니?' 하고 심히 궁한 허영심에서 고소(苦笑)하였다. 자신 역 지상에 살 자격이 그리 없다는 것을 가끔 느끼는 까닭이다. 그러나 다음 순간 '나를 먹여 살리는 내 바로 상

주

1) rasion d'être. 존재의 이유라는 뜻의 프랑스어.

부구조가 또 이렇게 만족해하겠지' 하고 소름이 연(聯) 쫙 끼쳤다. 그때의 나는 틀림없이 어떤 점잖은 분들의 허영심과 생활 원동력을 제공하기 위하여 꾸멀꾸멀하는 '거지적 존재'구나, 눈의 불이 번쩍 나지 않을 수 없었다.

공지(空地)에서

얼음이 아직 풀리기 전 어느 날 덕수궁 마당에 혼자 서 있었다. 마른 잔디 위에 날이 따뜻하면 여기저기 쌍쌍이 벌려 놓일 사람 더미가 이날은 그림자도 안 보인다. 이렇게 넓은 마당을 텅 이렇게 비워 두는 뜻이 알 길 없다. 땅이 심심할 것 같다. 땅도 인제는 초목이 우거지고 기암괴석이 배치되는 데만 만족해하지는 않을 게다. 차라리 초목이 없고 괴석이 없더라도 집이 서고 집 속에 사람들이 북적북적하고 또 집과 집 사이에 참 아끼고 아껴서 남겨 놓은 가늘고 길고 요리 휘고 조리 휜 얼마간의 지면—즉 길에는 늘 구두 신은 남녀가 뚜걱뚜걱 오고 가고 여러 가지 차량들이 굴러가고 하기를 희망할 것이다. 이렇게 땅의 성격도 기호도 변하였을 것이다.

그래 이건 아마 겨울 동안에는 인마의 통행을 엄금해 놓은 각별한 땅이나 아닌가 하고 대단히 겸연쩍어서 부리나케 대한문으로 내달으려니까 하늘에 소리 있으니 사람의 소리로다. 그러나 역시 잔디밭 위에는 아무도 없고 지난 가을에 헤뜨리고 간 캐러멜 싸

개가 바람에 이리 날고 저리 날고 할 뿐이다.

 그러나 다음 순간 반드시 덕수궁에 적을 둔 금리(金鯉)[1]떼나 놀아야 할 연못 속에 겨울 차림을 한 남녀가 무수히 헤어져 놀고 있는 것이 눈에 띄었다. 하나도 육지에 올라선 이가 없이 말짱 그 손바닥만한 연못에 들어서서는 스마트한 스케이팅을 즐기는 것이 아닌가.

 요컨대 새로 발견된 공지로군, 하고 경이의 눈을 옮길 길이 없어 가까이 다가서서는 그 새로 점령된 미끈미끈한 공지를 조심성스러이 좀 들여다보았다. 그러니 금리어(金鯉魚)들은 다 어디로 쫓겨 갔을까? 어족은 냉혈동물이라니 물이 얼어도 밑바닥까지만 얼지 않으면 그 얼음장 밑 냉수 속에서 족히 살아갈 수 있다는 것인가. 그러나 그 예리한 스케이트 날로 너무 걸커밀어 놓아서 얼음은 영 불투명하다. 투명만 하면 불그스레한 금리어 꽁지가 더러 들여다보이기도 하련만(하여간 이 손바닥만한 연못이 깊으면 얼마나 깊을까) 바탕까지 다 꽝꽝 얼었다면 어족은 일거에 몰사하였을 것이고 얼음장 밑에 물이 흐르고 있다면 이 까닭 모를 소요에 얼마나 어족들이 골치를 앓을까? 이 신기한 공지를 즐기기 위하여는 물론 그들은 어족의 두통 같은 것은 가산하지 않았을 것이다.

 그날 황혼 천하에 공지 없음을 한탄하며 뉘집 이층에서 저물어

---

1) 비단잉어.

가는 도회를 내려다보고 있었다. 그때 실로 덕수궁 연못 같은 날만 따뜻해지면 제 출몰에 해소될 엉성한 공지와는 비교가 안 되는 참 훌륭한 공지를 하나 발견하였다.

○○보험회사 신축용지라고 대서특서한 높다란 판장(板墻)으로 둘러 막은 목산(目算) 범(凡) 1,000평 이상의 명실상부의 공지가 아닌가.

잡초가 우거졌다가 우거진 채 말라서 일면이 세피아 빛으로 덮인 실로 황량한 공지인 것이다. 입추의 여지가 가히 없는 이 대도시 한복판에 이런 인외경(人外境)의 감을 풍기는 적지 않은 공지가 있다는 곳은 기적 아닐 수 없다.

인마의 발자취가 끊인 지(아니 그건 또 처음부터 없었는지도 모르지만) 오랜 이 공지에는 강아지가 서너 마리 모여 석양의 그림자를 끌고 희롱한다. 정말 공지— 참말이지 이 세상에는 인제는 공지라고는 없다. 아스팔트를 간 뻔질한 길도 공지가 아니다. 질편한 논밭, 임야, 석산, 다 아무개의 소유답(所有畓)이요, 아무개 소유의 산갓이요, 아무개 소유의 광산인 것이다. 이치대로 하자면 우리는 소유자의 허락이 없이 일보의 반보를 어찌 옮겨 놓으리오. 오늘 우리가 제법 교외로 산보도 할 수 있는 것은 아직도 세상 인심이 좋아서 모두들 묵허(默許)를 해주니까 향유할 수 있는 치사다. 하나도 공지가 없는 이 세상에 어디로 갈까 하던 차에 이런 공지다운 공지를 발견하고 저기 가서 두 다리 쭉 뻗고 누워서 담배나 한 대 피웠으면 하고 나서 또 생각해 보니까 이것도 역

○○보험회사가 이윤을 기다리고 있는 건조물인 것을 깨달았다. 다만 이 건조물은 콘크리트로 여러 층을 쌓아 올린 것과 달라 잡초가 우거진 형태를 하고 있을 뿐인 것이다.

봄이 왔다. 가난한 방 안에 왜(倭)파리 분(盆) 하나가 철을 찾아서 요리조리 싹이 튼다. 그 닷곱 한 되도 안 되는 흙 위에다가 늘 잉크병을 올려놓고 하다가 싹 트는 것을 보고 잉크병을 치우고 겨우내 그대로 두었던 낙엽을 거두고 맑은 물을 한 주발 주었다. 그리고 천하에 공지라곤 요 분 안에 놓인 땅 한 군데밖에는 없다고 좋아하였다. 그러나 두 다리를 뻗고 누워서 담배를 피우기에는 이 동글납작한 공지는 너무 좁다.

조춘점묘

도회의 인심

도회의 인심이란 어느 만큼이나 박해 가려는지 알 길이 없다.

이런 이야기를 들은 일이 있다. 상해에서는 기아(棄兒)를(그것도 보통 죽은 것을) 흔히 쓰레기통에다 한다. 새벽이면 쓰레기를 쳐가는 인부가 와서는 휘파람을 불어 가며 쓰레기를 치는데 그는 이 흉악한 기아를 보고도 별반 놀라지 않을 뿐만 아니라 그 애총[1]을 이리 비켜 놓고 저리 비켜 놓고 해서 쓰레기만 쳐가지고 잠자코 돌아간다는 것이다. 요컨대 기아야 뭐이 그리 이상하랴. 다만

1) 아총(兒塚). 어린아이 무덤.

이것은 쓰레기는 아니니까 내가 쳐가지 않을 따름 어떻게 되는 걸 누가 알겠소, 이 뜻이다.

설마 했지만 또 생각해 보면 있을 법도 한 일이다. 참 도회의 인심은 어느 만큼이나 박하고 말려는지 종잡을 수가 없다.

이 나가야로 이사온 지도 벌써 돌이 가까워 오나 보다. 같은 들보 한 지붕 밑에 죽 칸칸이 산다. 박 서방, 김씨, 이상, 최 주사, 이렇게 크고 작은 문패가 칸칸이 붙었다. 그러나 그들은 서로 사귀지 않는다. 그 중에도 직업은 서로 절대 비밀이다. 남편 혹은 나 같은 아내 없는 장성한 아들들은 앞문으로 드나든다. 그러나 아내 혹은 말만한 누이동생들은 뒷문으로 드나든다. 남편은 아침 혹 낮에 나가면 대개 저녁 혹은 밤에나 들어온다.

그러나 아낙네들은 집에 있다. 저녁때가 되면 자연 쌀을 씻어야 겠으니까 수도로 모여든다. 모여들면 남자들처럼 서로 꺼리고 기피하지 않고 곧잘 언어 노출증을 나타낸다. 그래서는 잠자코 있었으면 모를 이야기, 안 해도 좋을 이야기, 흉아잡이 무릎맞춤이 시작되어서 남편씨의 직업도 탄로가 나고 해서 바깥양반의 자존심을 여지없이 분쇄하고 마는 것이다. 그러나 기압은 대체로 보아 무풍상태다.

우리 집 변소 유리창에 똑바로 보이는 제2열 나가야 ○호 칸에 들은 젊은 세대는 작하(昨夏) 이래 내외 싸움이 끊일 사이가 없더니 가을로 들어서자 추풍낙엽과 같이 남편이 남편직에서 떨어졌다. 부인은 ○○카페 화형(花形) 여급이라는 것이다. '메리 위도'[1]가 된 '화형'은 남편을 경질하기에는 환경의 이롭지 못함을 깨달았던지 떠나버리고 그 칸은 빈 채다. 물론 이사를 하는 경우에도 인사를 하는 수고스러운 미덕은 이 나가야 규정에 없다. 그 바로 이웃 칸에 든 젊은이의 감상담에 의하면 앓던 이 빠진 것 같다……. 왜냐하면 그 풍기를 문란케 하는 종류의 레코드 소리를 안 듣게 되었다는 것이다. 그러자 또 그 이웃 아주 지방분이 잘 침착(沈着)한 젊은이는 젖먹이를 잃어버렸다. 그와 동시에 그 죽은 아이 체중보다도 훨씬 더 많을 지방분도 깨끗이 잃어버렸다. 그러나 그 어린애를 위해서나, 애어머니 지방분을 위해서나 부의 한푼 있을 리 없다. 나도 훨씬 뒤에야 알았으니까…….

날이 훨씬 추워지자 우리 바로 격장에 4남매로 조직된 가족이 떠나왔다. B전문학교 다니는 오빠가 한 쌍, W여고보에 다니는 매씨(妹氏)가 한 쌍―매양 석각(夕刻)이면 혼성사중창 유행가가 우리 아버지 완고한 사상을 고롭힌다 한다. 그렇지만 나는 한 번도 그 오빠들을 본 일이 없고 누이는 한 번도 그 매씨들과 말을 바꾸어 본 일이 없는 것이다.

정월에 반대편 이웃집에서 흰떡을 했다. 한 가락 주겠지 했더니 과연 한 가락도 안 준다. 우리는 지짐이만 부쳤다. 좀 줄까 하다가 흰떡 한 가락 안 주는걸 뭘, 하고 혼자 먹었다. 4남매 집은 원래 계산에 넣지 않은 이유가 그믐날 밤까지도 아무것도 부치지도

조춘점묘

주

1) merry widow. 행복한 과부.

지지지도 않았기 때문이다. 그것은 전혀 흰떡과 지짐이를 그 이웃집에 기대하고 있는 수작이 아닌가 해서 미워서 그런 것이다. 물론 이것은 내 오해인지도 모르지만……

　해토(解土)하면서 막다른 칸에 든 젊은이가 본처에서 일약 첩으로 실격한 사건이 생겼다. 그러나 아무도 그 젊은이를 동정하지는 않고 그 남편이 배불뚝이라고 험담들만 실컷 하다 나자빠졌다. 그리고 우리 집에는 나날이 찾아오는 빚쟁이 수효가 늘어가기 시작이다. 그리다가 건물회사에서 집달리(執達吏)를 데리고 나와 세간기명 등속에다가 딱지를 붙이고 갔다. 집세가 너무 많이 밀렸다는 이유다. 이런 뒤법석이 일어난 것을 4남매는 모두 학교에 갔으니 알 길이 없고 이쪽 이웃 역(亦) 어느 장님이 눈을 떴누 하는 식이다. 차라리 나는 다행하다 생각하였다. 동네방네가 죄다 알고 야단들을 치면 더 창피다.

　"이리 오너라" "누굴 찾으시오" "○씨 집이오?" "아뇨!" "그럼 어디요?" "그걸 내가 아오?" 하는 문답이 우리 집 문간에서 있나 보더니 아버지 말씀이 "알아도 안 가르쳐 주는 게 옳아!" "왜요?" "아, 빚쟁일시 분명하니 거 남 못할 노릇 아니냐" 하신다. 도회의 인심은 대체 얼마나 박하고 말려고 이러나?

골동벽(骨董癖)

　가령 신라나 고려적 사람들이 밥상에다 콩나물도 좀 담고 또 장

조림도 담고 또 약주도 따르고 해서 조석으로 올려놓고 쓰던 식기 나부랭이가 분묘 등지에서 발굴되었다고 해서 떠들썩하나 대체 어쨌다는 일인지 알 수 없다. 그게 무엇이 그리 큰일이며 그 사금파리 조각이 무엇이 그리 가치 높이 평가되어야 할 것이냐는 말이다. 황차 그렇지도 못한 이조 항아리 나부랭이를 가지고 어쩌니어쩌니 하는 것들을 보면 알 수 없는 심사이다.

조춘점묘

우리는 선조의 장한 일들을 잊어버려서는 못쓴다. 그러나 오늘 눈으로 보아서 그리 값도 나가지 않는 것을 놓고 얼싸안고 혀로 핥고 하는 꼴은 진보한 커트 글라스 그릇 하나를 만들어 내는 부지런함에 비하여 그 태타(怠惰)의 극을 타기(唾棄)하고 싶다.

가끔 아는 이에게서 자랑을 받는다. "내 이조 항아리 좋은 것 우연히 싸게 샀으니 와 보시오"다. 싸다는 그 값이 결코 싸지도 않을 뿐만 아니라 가보면 대개는 아무 예술적 가치도 없는 태작인 경우가 많다. 그야 오늘 우리가 미쓰코시 백화점 식기부에서 살 수 없는 물건이니 볼 점이야 있겠지. 하지만 그 볼 점이라는 게 실로 하찮은 것이다.

항아리 나부랭이는 말할 것도 없이 그 시대에 있어서 의식적으로 미술품으로 만들어진 것은 아니다. 간혹 꽤 미술적인 요소가 풍부히 섞인 것이 있기는 있으되 역시 여기(餘技) 정도요 하다못해 꽃을 꽂으려는 실용이라도 실용을 목적으로 된 것임에 틀림없다. 이것이 오랜 세월을 지하에 파묻혔다가 시대도 풍속도 영 딴판인 세상인(世上人) 눈에 뜨이니 위선 역설적으로 신기해서 얼른 보기에 교묘한 미술품 같아 보인다. 이것을 순수한 미술품으로 알고 왁자지껄들 하는 것은 가경(可驚)할 무지다.

어느 박물관에서 허다한 점수(點數)의 출토품을 연대순으로 진열해 놓고 또 경향이며 여러 가지 분류 방법을 적확히 구분해서 일목요연토록 해놓은 것을 구경하고 처음으로 그런 출토품의 아름다움과 가치 있음을 느꼈다.

결국 골동품의 가치는 그런 고고학적인 요구에서 생기는 것일 것이다. 겸하여 느끼는 아름다운 심정은 즉 선조에 대한 그윽한 향수에서 오는 것이 아닐까. 역사라는 학문을 부정할 수는 없으리라. 어느 시대의 생활양식, 민속, 민속예술 등을 알고자 할 때에 비로소 골동품의 위치가 중대해지는 것이지, 그러니까 골동품은 골동품만을 모아 놓은 박물관과 병존하지 않고는 그 존재이유가 소멸할 뿐 아니라 하등의 구실을 못한다. 같은 시대 것, 같은 경향 것을 한데 모아 놓고 봄으로 해서 과연 구체적인 역사적인 지식을 얻을 수 있는 것이지(그러니까 물론 많을수록 좋다) 그렇지 않고 외따로 떨어진 한 파편은 원인(猿人) 피테칸트로푸스의 단 한 개의 골편처럼 너무 짐작을 세울 길에 빈곤하다. 그것을 항아리 한 개, 접시 두 조각, 해서 자기 침두(枕頭)에 늘어놓고 그 중에 좋은 것은 누가 알까 봐 쉬쉬 숨기기까지 하는 당세 골동인 기질은 위선 아까 말한 고고학적 의의에서 가증한 일이요, 둘째 그 타기할 수전노적 사유관념이 밉다.

그러나 이 좋은 것을 쉬쉬 하는 패쯤은 양민이다. 전혀 5전에 사서 100원에 파는 것으로 큰 미덕을 삼는 골동가가 있으니 실로 경탄할 화폐제도의 혼란이다.

모씨는 하루 이런 이야기를 한다. "요전에 샀던 것 깜빡 속았어. 그러나 5원만 밑지고 겨우 다른 사람한테 넘겼지. 큰일날 뻔했는걸"이다. 위조골동을 모르고 고가에 샀다가 그것이 위조라는 것을 알자 산 값에서 5원만 밑지고 딴 사람에게 팔아먹었다는 성공미담이다.

재떨이로 쓸 수도 없다는 점에 있어서 위선 제로에 가까운 가치밖에 없는 한 개 접시를 위조하는 심사를 상상하기 어렵거니와 그런 이망량(魑魍魎)이 이렇게 교묘하게 골동 세계를 유영하고 있거니 생각하면 소름이 끼칠 일이다. 누구는 수만 원의 명도(名刀)를 샀다가 위조라는 것을 알고 눈물을 머금고 장사를 지내 버렸다 한다. 그러나 이 가짜 항아리, 접시 나부랭이는 속은 사람이 또 속이고 또 속은 사람이 또 속이고 해서 잘하면 몇 백 년도 견디리라. 하면 그동안에 선대에는 이런 위조 골동품이 있었담네, 하고 그것마저가 유서 깊은 골동품이 되고 말 것이다.

이런 타기할 괴취미밖에 가지지 않은 분들에게 위조이걸랑은 눈에 띄는 대로 때려 부수시오, 하고 권하기는커녕 골동품(물론 이 경우에 순수한 미술품말고 항아리 나부랭이를 말함)은 고고학적 민속학적 요구에서 박물관에 기부하시오, 하고 권하면 권하는 이더러 천한 놈이라고 꾸지람을 하실 것이 뻔하다.

동심 행렬

아침길이 똑 보통학교 학동들 등교시간하고 마주치는 고로 자연 허다한 어린이들을 보게 된다. 그네들의 일거수일투족 눈 한 번 끔벅하는 것, 말 한마디가 모두 경이다. 경이인 것이 우선 자신이 그런 어린이들과 너무 멀고 또 제 몸이 책보를 끼는 생활을 그만둔 지 너무 오래고 또 학교 다니던 어린 동생들도 다 성장해서 집안이 그런 학동을 기르는 집안 분위기에서 퍽 멀어진 지가 오래되기 때문일 것이다. 그저 먼 꿈의 세계를 너무나 똑똑히 눈 앞에 보는 것 같아서 가슴이 뿌듯할 적이 많다.

학동들은 7, 8세로 여남은 살까지 남녀가 뒤섞인 현란한 행렬이다. 이것도 엄격한 중고(中古) 교육을 받은 우리로는 경이다. 자전거가 멋모르고 좁은 골목에 들어섰다가 혼이 난다. 암만 벨을 울려도 이 아침거리의 폭군들은 길을 비켜 주지는 않는다. 자전거는 하는 수 없이 하마(下馬)를 하고 또 뭐라고 중얼거려도 보나 그런 것에 귀를 기울이는 사심이 없다. 저희끼리 이야기가 너무나 재미있어 견딜 수가 없는 것이다. 물론 누구하고 동무도 없고 행렬에도 끼지 못하고 화제도 없는 인물은 골목 한편 인가 담벼락에 비켜서서 이 화려한 행렬에 공손히 길을 치워 주어야 한다.

우리는 구경도 못한 란도셀이란 것을 하나씩 짊어졌다. 그것도 부럽다. 그 속에는 우리는 한 번도 가지고 놀아 보지 못한 찬란한 그림책이 들었다. 12색 크레용도 들었다. 불란서 근대화파들보다도 훨씬 무서운 자유분방한 그들의 자유화를 기억한다. 우리는 일생을 통하여 기어코 완전한 거짓말 속에서 시종하라는 건가 보다. 우리는 이제 시작해서 저런 자유화 한 장을 그릴 수 있을까. 란도셀이라는 것 속에는 하고많은 보배가 들어 있다. 그러나 장난꾼들, 란도셀이란 란도셀이 어쩌면 그렇게 모조리 해져 떨어져서 헌털뱅인구.

단발이 부쩍 늘었다. 여남은 살 먹은 여학동 단발한 것은 깨끗하고 신선하고 7,8세 여학동 단발한 것은 인형처럼 귀엽다.

조춘점묘

남학동들은 일제히 양복이다. 양복에다가 보통학교 아동 이하에는 이행을 불허하는 경편(輕便) 운동화들을 신었다. 그래서는 좁은 골목 넓은 길을 살과 같이 닫고 또 한군데 한없이 머물러서는 장난한다. 이렇게 등교시간 자체가 그네들에게는 황홀한 것이고 규정 이하의 과정인 것이다.

중에는 셋 혹 넷 무더기가 져서 걸어가면서 무슨 책인지 한 책에 집중되어 열중한다. 안경 쓴 두 학동이 드문드문 끼었다. 유리에 줄이 좍좍 간 것이 제법 근시들이다.

무에 저리 재밌을까고 궁금해서 흘깃 좀 훔쳐본다. 양홍(洋紅), 군청 등 현란한 극채색 판의 소년잡지다. 그림은 무슨 군함 등속인가 싶다. 그러나 글자는 그저 줄이 죽죽 가보일 뿐이지 눈에 들어오지 않는다.

보통학교 학동이 안경을 썼다는 것은 실사(實事) 해괴망측한 일이다.

일인 섯이 첫째 깜찍스럽다. 하도 앙증스럽고 해서 처음에는 웃고 그만두었으나 생각해 보면 웃고 말 일이 아니다. 근시는 무슨 절름발이나 벙어리 같은 유(類)의 그야말로 불구자라곤 할 수 없으되 불구자는 불구자다. 세상에는 치레로 금테안경을 쓰는 못생긴 백성도 있기는 있으나, 오페라글라스 비행사(飛行士)의 그 툭 불거진 안경 이외에 안경은 없는 게 좋다. 그것을 저런 아직 나이 들지 않은 연골 어린이들에게까지 씌우지 않으면 안 된다는 세상은 그리 고맙지 않은 세상임에 틀림없다.

예는 여러 가지 원인이 있겠으나 현대의 고도화한 인쇄술에도 트집을 아니 잡을 수 없다. 과연 보통학교 교과서만은 활자의 제한이 붙어서 굵직굵직한 것이 괜찮다. 그만만하면 선천적 근시안이 아닌 다음에는 활자 탓으로 눈을 옥지르거나 하는 일은 없을 것 같다.

그러나 학동들이 교과서만 주무르다 그만두느냐 하면 천만에, 우선 참고서라는 것이 대개가 9포인트 활자로 돼먹었다. 급기 소년잡지 등속에 이르른즉은 심지어 6호, 7포인트 반을 사용하여 오히려 태연한 출판업자, 게다가 추악한 극채색을 덮어서 예의 학동들의 동공을 노리고 총공격의 자세를 일각도 게을리하지는 않는다.

아직도 안경 쓴 학동보다 안 쓴 학동의 수효가 더 많은 것으로 보아 한편 괴이도 하나 한편 아직 그들의 독서열이 40도에 이르지 않은 것을 차라리 다행히 생각하고 싶다. 누구에게라도 안경상(眼鏡商)을 추장(推獎)하고 싶다. 오늘 같은 부덕한 활자 허무시대에 가하여 불완전한 조명장치밖에 없는 이 땅에 늘어갈 것은 근시안뿐일 터이니 말이다.

조춘점묘

여상(女像)

　지난 여름 뒷산 머루를 많이 따먹고 입술이 젖꼭지 빛으로 까맣게 물든 것을 보았습니다. 지금 토실토실한 살 속으로 따끈따끈 포도주가 흐릅니다. 단 한 사람을 위한 잔치 단 한 번 잔치를 위하여 예비된 이 병, 마개를 뽑기는커녕 아무나 만져 보는 것도 아닙니다. 그러나 자색(紫色) 복스런 피부에서 겨우내 목초(牧草)내가 향긋하니 보랍니다.

　삼단 같은 머리에 다홍빛 댕기가 고추처럼 열렸습니다. 물동이 물도 가만 있는데 댕기는 왜 이렇게 흔들리나요. 꼭 쥐어야지요. 너무 대롱대롱 흔들리다가 마음이 달뜨기 쉽습니다.

　이 봄이 오더니 저고리에 머리 때가 유난히 묻고 묻고 하는 것이 이상합니다. 아랫배가 싸르르 아프다는 핑계로 가야 할 나물

캐러도 못 가곤 합니다.

  도회와 달라 떠들지 않고 오는 봄, 조용히 바뀌는 아이 어른, 그만해도 다섯 해 전 거상(居喪) 입은 몸이 서도(西道) 650리에 이런 처녀를 처음 보았고 그 슬프고도 흐늑흐늑한 소꿉장난을 지금껏 잊으려야 잊을 수는 없습니다.

여상

약 수

바른대로 말이지 나는 약수보다도 약주를 좋아하는 편입니다.

술 때문에 집을 망치고 해도 술 먹는 사람이면 후회하는 법이 없지만, 병이 나으라고 약물을 먹었는데 낫지 않고 죽었다면 사람은 이 트집 저 트집 잡으려 듭니다. 우리 백부께서 몇 해 전에 뇌일혈로 작고하셨는데 평소에 퍽 건강하셔서 피를 어쨌든지 내 짐작으로 화인(火印) 한 되는 쏟았건만 일주일을 버티셨습니다. 마지막에 돈과 약을 물 쓰듯 해도 오히려 구할 길이 없는지라 백부께서 나더러 약수를 길어 오라는 것입니다. 그때 친구 한 사람이 악박골 바로 넘어서 살았는데 그저 밥, 국, 김치, 숭늉 모두가 약물로 뒤범벅이었건만 그의 가족들은 그리 튼튼하지도 못할 뿐 아니라 그 먼저 해에는 그의 막내누이를 폐환으로 잃어버렸습니다. 그래서 나는 이것은 미신이구나, 하고 병을 들고 악박골로 가서 한 병 얻어 가지고 오는 길에 그 친구 집에 들러서 내일은 우리 집에 초상이 날 것 같으니 사퇴 시간에 좀 들러 달라고 그래 놓고 왔습니다.

　백부께서는 혼란된 의식 가운데서도 이 약물을 아마 한 종발이나 잡수셨던가 봅니다.

　그리고 이튿날 낮에 운명하셨습니다. 임종을 마치고 나는 뒤꼍으로 가서 5월 속에서 잉잉거리는 벌떼, 파리를 보고 있었습니다. 한물진 작약꽃 이파리 하나 가만히 졌습니다.

　익키! 하고 나는 가만히 깜짝 놀랐습니다. 그래서 또 술이 시작입니다.

　백모는 공연히 약물을 잡수시게 해서 그랬느니 마니 하고 자꾸 후회를 하시길래 나는 듣기 싫어서 자꾸 술을 먹었습니다.

　"세분 손님 약주 잡수세욧" 소리에 어깨를 으쓱거리면서 그 목로집 마당을 마음에 맞는 친구들과 어우러져서 서성거리는 맛이란 굴비나 암치를 먹어 가면서 약물을 퍼먹고 급기야 체하여 배탈이 나고 그만두는 프래그머티즘에 견줄 것이 아닙니다.

　나는 술이 거나하게 취해서 어떤 여자 앞에서 몸을 비비꼬면서 "나는 당신 없이는 못 사는 몸이오" 하고 얼러 보았더니 얼른 그 여자가 내 아내가 되어 버린 데는 실없이 깜짝 놀랐습니다. 얘— 이건 참 땡이로구나, 하고 3년이나 같이 살았는데 그 여자는 3년이나 같이 살아도 이 사람은 그저 세계에 제일 게으른 사람이라는 것밖에는 모르고 그만둔 모양입니다.

　게으르지 않으면 부지런히 술이나 먹으러 다니는 게 또 마음에

약
수

안 맞았다는 것입니다.

　한번은 병이 나서 앓으면서 나더러 약물을 떠오라길래 그것은 미신이라고 그랬더니 뾰로통하는 것입니다.

　아내가 가버린 것은 내가 약물을 안 길어다 주었대서 그런 것 같은데 또 내가 약주만 밤낮 먹으러 다니는 것이 보기 싫어서 그런 것도 같고 하여간 나는 지금 세상이 시들해져서 그날그날이 심심한데 술 따로 안주 따로 판다는 목로조합 결의가 아주 마음에 안 들어서 못 견디겠습니다.

　누가 술만 끊으면 내 위해 주마고 그러지만 세상에 약물 안 먹어도 사람이 살겠거니와 술 안 먹고는 못 사는 사람이 많은 것을 모르는 말입니다.

에피그램
― 아무도 모를 내 비밀

밤이 이슥한데 나는 사실 그 친구와 이런 회화를 했다는 이야기를 염치 좋게 하는 것은 요컨대 천하의 의좋은 내외들에게 대한 통명이다. 친구는,

"여비?"

"보조래도 해줬으면 좋겠다는 말이지만."

"둘이 간다면 내 다 내주지."

"둘이?"

"임이와 결혼해서……."

여자 하나를 두 남자가 사랑하는 경우에는 꼭 싸움들을 하는 법인데 우리들은 안 싸웠다. 나는 결이 좀 났다는 것은 저는 벌써 임이와 육체까지 수수(授受)하고 나서 나더러 임이와 결혼하라니까 말이다. 나는 연애보다 공부를 해야겠어서 그 친구더러 여비

를 좀 꾸어달란 것인데 뜻밖에 회화가 이 모양이 되고 말았다.

"그럼 다 그만두겠네."

"여비두?"

"결혼두."

"건 왜?"

"싫어!"

그리고 나서는 한참이나 잠자코들 있었다. 두 사람의 교양이 서로 뺨을 친다든지 하고 싶은 충동을 참느라고 그런 것이다.

"왜 내가 임이와 그런 일이 있었대서 그러나? 불쾌해서!"

"뭔지 모르겠네!"

"한 번 꼭 한 번밖에 없네. 독미(毒味)란 말이 있지."

"순수허대서 자랑인가?"

"부러 그러나?"

"에피그램이지."

암만해도 회화로는 해결이 안 된다. 회화로 안 되면 행동인데 어떤 행동을 하나. 물론 싸워서는 안 된다. 친구끼리는 정다워야 하니까. 그래서 우리는 우리 두 사람의 공동의 적을 하나 찾기로 한다.

친구가,

"이(李)를 알지? 임이의 첫 남자!"

"자네는 무슨 목적으로 타협을 하려 드나?"

"실연허기가 싫어서 그런다구나 그래 둘까."

"내 고집두 그 비슷한 이유지."

나는 당장에 허둥지둥한다. 내 인색한 논리는 눈살을 지푸린다. 나는 꼼짝할 수가 없다. 이렇게까지 나는 인색하다.

친구는,

"끝끝내 이러긴가?"

"수세두 공세두 다 우리 집어치세."

"엔간히 겁을 집어먹은 모양일세그려!"

"누구든지 그야 타락허기는 싫으니까!"

요 이야기는 요만큼만 해둔다. 임이의 남자가 셋이 되었다는 것을 누설한댔자 그것은 벌써 비밀도 아무것도 아니다.

에피그램

행 복

　달이 천심(天心)에 왔으니 이만하면 족하다. 물은 아직 좀 덜 들어온 것 같다. 축인 모래와 마른 모래의 경계선이 월광 아래 멀리 아득하다. 찰락찰락…… 한 여남은 미터는 되나 보다. 단애 바위 위에 우리 둘은 걸터앉아 그 한 순간을 기다리고 있다.
　"자, 인제 일어나요."
　마흔아홉 개 꽁초가 내 앞에 무슨 푸성귀 싹처럼 해져 있다. 나머지 담배가 한 대 탄다. 요것이 다 타는 동안에 내가 최후의 결심을 할 수 있어야 한단다.
　"자, 어서 일어나요."
　선이도 일어났고 인제는 정말 기다리던 그 순간이라는 것이 닥쳐 왔나 보다. 나는 선이 머리를 걷어 치켜 주면서,
　"겁이 나나?"
　"아—뇨."

"좀 춥지?"

"어떤가요?"

입술이 뜨겁다. 쉰 개째 담배가 다 탄 까닭이다. 인제는 아무리 하여도 피할 도리가 없다.

"자, 그럼 꼭 붙들어요."

"꼭 붙드세요."

행복의 절정을 그냥 육안으로 넘긴다는 것이 내게는 공포였다. 이 순간 이후 내 몸을 이 지상에 살려둘 수 없다. 그렇다고 선이를 두고 가는 수도 없다.

그러나…… 뜻밖에도 파도가 높았다. 이런 파도 속에서도 우리 둘은 떨어지지 않았다. 떨어지지 않고 어느 만큼이나 우리는 떠돌아다녔던지 드디어 피로가 왔다…….

죽기 전.

이렇게 해서 죽나 보다. 우선, 선이 팔이 내 목에서부터, 풀려 나갔다. 동시에 내 팔은 선이 허리를 놓쳤다. 그 순간 물 먹은 내 귀가 들은 선이 단말마의 부르짖음.

"○○씨!"

이것은 과연 내 이름은 아니다.

나는 순간 그 파도 속에서도 정신이 번쩍 났다. 오냐 그렇다면…….

나는 죽어서는 안 된다.

나는 마지막 힘을 내어 뒷발을 한번 탕 굴러 보았다. 몸이 소스라친다. 목이 수면 밖으로 나왔을 때 아까 우리 둘이 앉았던 바위가 눈앞에 보였다. 파도는 밀물이라 해안을 향해 친다. 그래 얼마 안 가서 나는 바위 위로 기어오를 수 있었다. 나는 그냥 뒤도 안 돌아보고 걸어가 버리려다 문득 '선이를 살려야 하느니라' 하는 악마의 묵시를 받지 않을 수 없었다. 월광에 오르내리는 검은 한 점, 내가 척 늘어진 선이를 안아 올렸을 때 선이 몸은 아직 따뜻하였다.

오호 너로구나.

너는 네 평생을 두고 내 형상 없는 형벌 속에서 불행하리라. 해서 우리 둘은 결혼하였던 것이다.

규방에서 나는 신부에게, 행형(行刑)하였다. 어떻게?

가지가지 행복의 길을 가지가지 교재를 가지고 가르쳤다. 물론 내 포옹의 다정한 맛도.

그러나 선이가 한 번 미엽(媚饁)을 보이려 드는 순간 나는 영상(嶺上)의 고목처럼 냉담하곤 하곤 하는 것이다. 규방에는 늘 추풍이 소조히 불었다.

나는 이런 과로 때문에 무척 야위었다. 그러면서도 내 눈이 충혈한 채 무엇인가를 찾는다. 나는 가끔 내게 물어 본다.

'너는 무엇을 원하느냐? 복수? 천천히 천천히 하여라. 네 운명

하는 날에야 끝날 일이니까.'

'아니야! 나는 지금 나만을 사랑할 동정(童貞)을 찾고 있지, 한 남자 혹 두 남자를 사랑한 일이 있는 여자를 나는 사랑할 수 없어. 왜? 그럼 나더러 먹다 남은 형해(形骸)에 만족하란 말이람?'

'허, 너는 잊었구나? 네 복수가 필(畢)하는 것이 네 낙명(落命)의 날이라는 것을. 네 일생은 이미 네가 부활하던 순간부터 제단 위에 올려 놓여 있는 것을 어쩌누?'

그만해도 석 달이 지났다. 형리(刑吏)의 심경에도 권태가 왔다.

'싫다. 귀찮아졌다. 나는 한 번만 평민으로 살아 보고 싶구나. 내게 정말 애인을 다오.'

마호메트의 것은 마호메트에게로 돌려보내야 할 것이다. 일생을 희생하겠다던 장도(壯圖)를 나는 석 달 동안에 이렇게 탕진하고 말았다.

"당신처럼 사랑한 일은 없습니다"라든가, "당신만을 사랑하겠습니다"라든가 하는 그 여자의 말은 첫사랑 이외의 어떤 남자에게 있어서도 '인사' 정도에 지나지 않는다는 것을 잊어서는 안 된다.

"내 만났지."
"누구를요?"
"○○."
"네……. 그래 결혼했대요?"

그것이 이렇게까지 선이에게는 몹시 걱정이 된다. 될 것이다.

행복

나는 사실,

"아니 혼자던데, 여관에 있다던데."

"그럼 결혼 아직 안 했군그래. 왜 안 했을까?"

슬픈 선이의 독백이여!

"추물이야, 살이 띵띵 찐 게."

"네? 거 그렇게꺼지 조소하려 들진 마세요. 그래두 당신네들 (……? 이 '들' 자야말로 선이 천려의 일실이다)버덤은 얼마나 인간미가 있는데 그래요. 그저 좀 인간이 부족허다 뿐이지."

나는 거기서 더 입이 떨어지지 않았다. 그만 후회도, 났다.

물론 선이는 내 선이가 아니다. 아닐 뿐만 아니라 ○○를 사랑하고 그 다음 ○를 사랑하고 그 다음…….

그 다음에 지금 나를 사랑한다……는 체하여 보고 있는 모양 같다. 그런데 나는 선이만을 사랑한다. 그러니까 우리는…….

어떻게 해야만 좋을까까지 발전한 환술(幻術)이 뚝 천장을 새어 떨어지는 물방울에 와르르 무너져 버렸다. 창밖에서는 빗소리가 내 나태를 이러니저러니 하고 시비하는 것 같은 벌써 새벽이다.

추등잡필(秋燈雜筆)

추석 삽화

  1년 365일 그 중의 몇 날을 추려 적당히 계절 맞춰 별러서 그날만은 조상을 추억하며 생의 즐거움에서 멀어진 지 오래된 그들 망령을 있다 치고 위로하는 풍속을 아름답다 아니할 수 없으리라.

  이것을 굳이 뜻을 붙여 생각하자면, 그날그날의 생의 향락 가운데서 때로는 사(死)의 적막을 가끔 상기해 보며 그러함으로써 생의 의의를 더한층 깊이 뜻있게 인식하도록 하는 선인들의 그윽한 의도에서 나온 수법이 아닐까.

  이번 추석날 나는 돌아가신 삼촌 산소를 찾았다. 지난 한식날은 비가 와서 거기다 내 나태가 가하여 드디어 삼촌 산소에 가지 못했으니 이번 추석에는 부디 가보아야겠고 또 근래 이 삼촌이 지금껏 살아 계셨던들 하는 생각이 문득 드는 적이 많아서 중년에 억울히 가신 삼촌을 한번 추억해 보고도 싶고 한 마음에서 나는 미아리행 버스를 타고 나갔던 것이다.

온 산이 희고 온 산이 곡성으로 하여 은은하다. 소조한 가을바람에 추초(秋草)가 나부끼는 가운데 분묘는 5년 전에 비하여 몇 배수나 늘었다. 사람들은 나날이 저렇게들 죽어 가는구나 생각하니 적이 비감하다. 물론 5년 동안에 더 많은 애기가 탄생하였으리라……. 그러나 그렇게 날로 날로 지상의 사람이 바뀐다는 것도 또한 슬픈 일이 아닌가.

다섯 번 조락과 맹동(萌動)을 거듭한 삼촌 산소가 꽤 거친 모양을 바라보고 퍽 슬펐다. 시멘트로 땜질한 석상은 틈이 벌어졌고 친우 일동이 해 세운 석비도 좀 기운 듯싶었다.

분토(墳土) 한 곁에 앉은 잠시 생전의 삼촌 그 중엄하기 짝이 없는 풍모를 추억해 보았다. 그리고 운명하시던 날, 장사 지내던 날, 내 제복 입었던 날들의 일, 이런 다섯 해 전 일들이 내 심안을 쓸쓸히 지나가는 것이었다.

나는 또 비명을 읽어 보았다. 하였으되,

公廉正直 信義友篤(공렴정직 신의우독)
金蘭結契 矢同憂樂(금란결계 시동우락)
中世摧折 士友咸慟(중세최절 사우함통)
寒山片石 以表衷情(한산편석 이표충정)

삼촌 구우(舊友) K씨의 작(作)으로 내 붓솜씨다. 오늘 이 친우 일동이 세운 석비 앞에 주과(酒果)가 없는 석상이 보기에 한없이 쓸쓸하다.

그때 고 이웃 분묘에 사람이 왔다. 중로(中老)의 여인네가 한 분, 젊은 내외인 듯싶은 남녀, 10세 전후의 소학생이 하나, 네 사람이다. 젊은 남정네는 양복을 입었고 젊은 여인네는 구두를 신었다. 중로의 여인네가 보퉁이를 펴더니 주과를 갖춘 조촐한 제상을 차리는 것이다. 그리고 향을 피우고 잔을 갈아 부으며 네 사람은 절한다.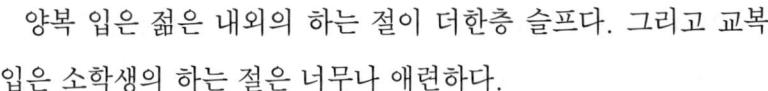

양복 입은 젊은 내외의 하는 절이 더한층 슬프다. 그리고 교복 입은 소학생의 하는 절은 너무나 애련하다.

중로의 여인네는 호곡한다. 호곡하며 일어날 줄을 모른다. 젊은 내외는 소리 없이 몇 번이나 향 피우고 잔 붓고 절하고 하더니 슬쩍 비켜서는 것이다. 소학생도 따라 비켜선다.

비켜서서 그들은 멀리 건너편 북망산을 손가락질도 하면서 잠시 담화하더니 돌아서서 언제까지라도 호곡하려 드는 어머니를 일으킨다. 그러나 좀처럼 일어나려 하지 않는다.

그때 이날만 있는 이 북망산 전속의 걸인이 왔다. 와서 채 제사도 끝나지 않은 제물을 구걸하는 것이다. 그 태도가 마치 제 것을 제가 요구하는 것과 같이 퍽 거만하다. 부처는 완강히 꾸짖으며 거절한다. 승강이가 잠시 계속된다.

이 광경을 바라보고 앉았는 동안에 내 등 뒤에서 이 또한 중로의 여인네가 한 분 손자인 듯싶은 동자 손을 이끌고 더듬더듬 내려오는 것이었다. 오면서 분묘 말뚝을 하나하나 자세히 조사한다. 필시 영감님의 산소 위치를 작년과도 너무 달라진 이 천지에서 그만 묘연히 잊어버린 것이리라.

　이 두 사람은 이윽고 내 앞도 지나쳐 다시 돌아 그 이웃 언덕으로 올라간다. 그래도 좀처럼 여기구나 하고 서지 않는다.

　건너편 그 거만한 걸인은, 시비의 무득함을 깨달았던지, 제물을 단념하고 다시 다음 시주를 찾아서 간다.

　걸인은 동쪽으로 과부는 서쪽으로…….

　해는 이미 일반(日半)을 지났으니 나는 또 삶의 여항(閭巷)으로 돌아가지 않으면 안 되리라. 코스모스 핀 언덕을 터벅터벅 내려오면서 그 과부는 영감님의 무덤을 찾았을까 걱정하면서 버스 선 곳까지 오니까 모퉁이 목로술집에서는 일장의 싸움이 벌어진 중이었다. 말할 것도 없이 거상(居喪) 입은 사람끼리다.

구경

　전문(專門)한 것이 나는 건축인 관계상 재학 시대에 형무소 견학을 간 일이 더러 있다. 한번은 마포 벽돌 공장을 보러 간 일이 있는데 그것은 건물을 보러 간 것이 아니라 벽돌 제조의 여러 가지 속을 보러 간 것이니까 말하자면 건축 재료 제조 실제를 연구하는 한 시간이었다. 그러니까 죄수들의 생활이라든가 혹은 그들의 생활에 건물 구조를 어떻게 적응시켰나를 보러 간 것이 아니고 다만 한 공장을 보러 간 것에 지나지 않는 것이니까 직공들은 반드시 죄수들일 필요도 없거니와 또 거기가 하국(何國)의 형무소가 아니어도 좋다. 클래스 전부래야 12명이었는데 그날 간 사람은 겨우 7, 8명에 불과하였다고 기억한다.

옥리(獄吏)의 안내를 받아 공장 각 부분을 차례차례 구경하기로 되었다.

구경하기 전에 옥리는 우리들에게 부디부디 다음 몇 가지 점에 주의해 달라고 일러 주는 것이었다. 즉 담배를 피우지 말 것, 그들에게 무슨 필요로든 결코 말을 건네지 말 것, 그네들의 얼굴을 너무 차근차근히 들여다보지 말 것 등이다. 차례대로 이윽고 견학이 시작되었다. 그러나 나는 처음부터 벽돌 제조 같은 것에는 추호의 흥미도 가지지는 않았다. 죄수들의 생활, 동정의 자태를 볼 수 있다는 것이 이 견학이 나로 하여금 즐겁게 하여 주는 이유의 전부였다. 나는 일부러 끝으로 좀 처지면서 그 똑같이 적토색 복장에 몸을 두르고 깃에다 번호찰을 붙인 이네들의 모양을 살피기로 하였다. 그런데 과연 아니나 다를까, 그들은 끝없는 증오의 시선을 우리들에게 던지는 것이 아니냐? 나는 놀랐다. 가슴이 두근두근해 왔다. 그리고 제출물에 겁이 나서 얼굴이 달아 들어오는 것을 어찌하는 수가 없었다. 너무나 똑똑히 불쾌한 표정을 지어 보이는 그들을 나는 차마 바로 쳐다보는 재주가 없었다.

자기의 치욕의 생활의 내면을 혹 치욕이라고까지 하지는 않더라도 결코 남에게 떠벌려 자랑할 것이 못 되는 제 생활의 내면을 어떤 생면부지 사람들에게 막부득이 구경시키지 않으면 안 되는 것을 누구나 다 싫어하리라. 앙불괴어천 부불작어인(仰不愧於天俯不作於人)—이런 심경에서 사는 사람이라도 그런 일점의 흐린 구름이 지지 않은 생활을, 남이 그야말로 구경거리로 알고 보려 달려들 때에는 적이 불쾌할 것이다. 황차 죄수들이 자기네들의 치욕적 생활을 백일 아래서 여지없이 구경거리로 어떤 몇 사람 앞에 내놓지 않으면 안 되는 경우에 그들의 심통함이 또한 복역의 괴로움보다 오히려 배대(倍大)할 것이다.

　소록도의 나원(癩院)을 보고 온 이의 이야기를 들으면 아무리 석존 같은 자비스러운 얼굴을 한 사람이 내도(來到)하여도 그들은 그저 무한한 증오의 눈초리로 맞이할 줄밖에 모른다 한다. 코가 떨어지고 수족이 망가진 자기네들 추악한 군상을 사실 동류 이하의 어떤 사람에게도 보이기 싫을 것이다. 듣자니 그네들끼리는 희희낙락하기도 하며 때로는 연애까지도 할 듯싶은 일이 다 있다 한다.

　형무소 죄수들도 내가 본 대로는 의외로 활발하게 오히려 생활난에 쪼들려 헐떡헐떡하는 사바의 노역꾼들보다도 즐거울 듯이 일하고 있는 것이었다. 다만 그러면서도 남의 어떤 눈도 싫어하는 까닭은 말하자면 대등의 지위를 떠난 연한(憐恨), 모멸, 동정, 기자(忌恣), 이런 것을 혐오하는 인정 본연의 발로와 다름없는 것이 아닐까 한다.

가량(假量) 천형병의 병원(病源)을 근절코자 할진대 보는 족족 이 병 환자는 살육해 버려야 할지도 모르지만 기왕 끔찍한 인정을 발휘해서 그들을 보호하는 바엔 될 수 있는 대로 그들의 심정을 거슬려 주어서는 안 될 것이다. 그러하다면 그들이 제일 싫어하는 '구경'을 절대로 금해야 할 것이다. 형무소 같은 것은 성(盛)히 구경시켜서 죄과를 미연에 방지하는 것이 좋지나 않을까 하는 생각이 들기도 하지만, 좀처럼 구경을 잘 시키지 않는 것은 역시 죄수 그들의 심정을 건드리지 않도록 하는 깊은 용의에서가 아닌가 한다.

예의

걸핏하면 끽다점(喫茶店)에 가 앉아서 무슨 맛인지 알 수 없는 차를 마시고 또 우리 전통에서는 무던히 먼 음악을 듣고 그리고 언제까지라도 우두커니 머물러 있는 취미를 업신여기리라. 그러나 전기 기관차의 미끈한 선, 강철과 유리, 건물 구성, 예각, 이러한 데서 미를 발견할 줄 아는 세기의 인(人)에게 있어서는 다방의 일게(一憩)[1]가 신선한 도락이요 우아한 예의가 아닐 수 없다.

생활이라는 중압은 늘 훤조(喧噪)하며 인간의 부드러운 정서를 억누르려 드는 것이다. 더욱이 현대라는 데 깃들이는 사람들은

1) 잠깐 동안의 휴식.

이 중압을 한층 더 확실히 감지하지 않을 수 없다. 어디를 보아도 교착된 강철과 거암과 같은 콘크리트 벽이 숨찬 억압 가운데 자칫하면 거칠기 쉬운 심정을 조용히 쉴 수 있도록, 그렇게 알맞은 한 개의 의자와 한 개의 테이블이 있다면 어찌 촌가(寸暇)를 에어내어 발길이 그리로 옮겨지지 않을 것인가. 가(加)하기를 한 잔의 따뜻한 차와 가연(街蠕)의 훤조한 잡음에 바뀌는 아름다운 음악이 있다면 그 심령들의 위안됨이 더한층 족하다고 하지 않으리오.

그가 제철공장의 직인이건, 그가 외과의실의 집도인이건, 그가 교통정리 경찰이건, 그가 법정의 논고인이건, 그가 하잘것없는 일고용인(日雇傭人)이건, 그가 천만장자의 외독자이건, 묻지 않는다. 그런 구구한 간판은 네온사인이 달린 다방 문간에 다 내려놓고 들어가는 것이다. 그곳에서는 다 같이 심정의 회유(懷柔)를 기원하는 티없는 '사람'의 하나가 되는 것이다. 그러기에 이곳에서는 누구나 다 겸손하다. 그리고 다 같이 부드러운 표정을 하는 것이다. 신사는 다 조신하게 차를 마시고 숙녀는 다 다소곳이 음악을 즐긴다.

거기는 오직 평화가 있는 불성문의 정연하고도 우아 담박한 예의 준칙이 있는 것이다.

결코 이웃 좌석에는 들리지 않을 만큼 그만큼 낮은 목소리로 담화한다. 직업을 떠나서 투쟁을 떠나서 여기서 바뀌는 담화는 전면(纏綿)한 정서를 풀 수 있는 그런 그윽한 화제리라.

다 같이 입을 다물고 눈을 홉뜨지 않고 슈베르트나 쇼팽을 듣는다. 그때 육중한 구두로 마룻바닥을 건드리며 장단을 맞춘다거나, 익숙한 곡조라 하여 휘파람으로 합주를 한다거나 해서는 아주 못쓴다. 왜? 그렇게 하는 것은 이곳의 불성문인 예의를 깨뜨림이 지극히 큰 고로.

나는 그날 밤에도 몸을 스미는 추냉(秋冷)을 지닌 채 거리를 걸었다. 천심에 달이 교교하여 일보 일보가 적이 무겁고 또한 황막하여 슬펐다. 까닭 모를 애수 고독이 불현듯이 인간다운 훈훈한 호흡을 연모하게 하는 것이었다. 나는 달빛을 등지고 늘 드나드는 한 다방으로 들어섰다.

양 3인씩의 남녀가 벌써 다정해 보이는 따뜻한 한 잔씩의 차를 앞에 놓고 때마침 사운드 박스 울리는 현악중주의 명곡을 즐기고 있는 것이 아닌가.

나도 또한 신사답게 삼가는 보조로 그들 가운데 한 자리를 차지하고 그리고 차와 음악을 즐기기로 하였다.

5분, 10분, 20분, 이 적당한 휴게가 냉화하려 들던 내 혈관의 피를 얼마간 덥혀 주기 시작하는 즈음에, 문이 요란히 열리며 4, 5인의 취한이 고성질타하면서 폭풍과 같이 침입하였다. 그들은 한복판 그 중 번듯한 좌석에 어지러이 자리를 잡더니 차를 청하여 수선스러이 마시며 방약무인하게 방가(放歌)하는 것이었다. 그 바람에 음악은 간곳없고 예의도 간곳없고 그들의 추외(醜猥)한 성향(聲響)이 실내를 흔들 뿐이다.

내 심정은 다시 거칠어 들어갔다. 몸부림하려 드는 내 서글픈 심정을 나 자신이 이기기 어려웠다. 나는 1초라도 바삐 이곳을 떠나고 싶어서 자리를 걷어차고 일어나서 문간으로 나가려 하는 즈음에, 이번에는 유두백면(油頭白面)의 일장한(一壯漢)이 사자만이나 한 셰퍼드를 한 마리 끌고 들어오는 것이 아닌가. 나는 대경실색하여 뒤로 물러서면서 보자니까 그 개는 그 육중한 꼬리를 흔들흔들 흔들며 이 좌석 저 좌석의 객을 두루두루 코로 맡아 보는 것이다.

그때 취한 중의 한 사람이 마시다 남은 차를 이 무례한 개를 향하여 끼얹었다. 개는 질겁을 하여 뒤로 물러서더니 그 산이 울고 골짝이 무너질 것 같은 크나큰 목소리로 이 취한을 향하여 짖어대는 것이었다.

나는 창황히 찻값을 치르고 그곳을 나와 보도를 디뎠다. 걸으면서도 그 예술의 전당에서 울려 나오는 해괴한 견폐성(犬吠聲)을 한참 동안이나 등 뒤에서 들을 수 있었다.

기여(寄與)

그다지 명예롭지 못한 그러나 생각해 보면 또 그렇게까지 불명예라고까지 할 것도 없는 질환을 가지고 어떤 학부 부속병원에를 갔다. 진찰이 끝나고 인제 치료를 시작하려 그 그리 보기 좋지 않은 베드 위에 올라 누웠다. 그랬더니 난데없이 수십 명의 흑장속

(黑裝束)의 장정 일단이 우—틈입하여서는 내 침상을 둘러싸는 것이다. 말할 것도 없이 이 학부 재학의 학생들이요, 이것은 임상 강의 시간임에 틀림없다. 손에는 각각 노트를 들었고 시선을 내 환부인 한 점에 집중시키고 있는 것이다. 의사 즉 교수는 서서히 입을 열어 용의주도하게 내 치료받고자 하는 개소(個所)를 주무르면서 유창한 어조로 강의를 개시하는 것이 아닌가. 이것은 나에게 있어서 참으로 천만의외의 일일 뿐 아니라 정말로 불쾌하기 짝이 없는 봉변일 수밖에 없는 일이다.

추등잡필

　그들은 대체 누구의 허락을 얻어 나를 실험동물로 사용하는 것인가. 옆구리에 종기 하나가 나도 그것을 남에게 내보이는 것이 불쾌하겠거늘, 아픈 탓으로 치부를 내보이지 않으면 안 되는 그 자그마한 기회를 타서 밑천 들이지 않고 그들의 실험동물을 얻고자 꾀하는 것일 것이니 치료를 받기 위하여는 반드시 이런 굴욕을 받아야만 된다는 제도라면 사차불피(辭此不避)일 것이나 그렇다 하더라도 이 변만은 어디까지든지 불쾌한 일이다.

　의학의 진보 발달을 위하여 노구치 박사는 황열병에 넘어지기까지도 하였고 또 최근 어떤 학자는 호열자균을 스스로 삼켰다 한다. 이와 같은 예에 비긴다면 치부를 잠시 학생들에게 구경시켰다는 것쯤 심술부릴 거리조차 못 될 것이다. 차라리 잠시의 아픔과 부끄러움을 참았다는 것이 진격(眞擊)한 연구의 한 도움이 된 것을 광영으로 알아야 할 것이요 기뻐하여야 할 것이다.

　그러나 또 생각해 보면 사람은 누구나 다 반드시 이렇게 실험동물로 제공되어야 할 책임이 있다는 것은 아니리라. 환부를 내어 보이는 것은 어느 사람에게 있어서도 유쾌치 못한 일일 것이다. 의학만이 홀로 문화의 발달향상을 짊어진 것은 아니겠고, 이 사회에서 생활을 향유하는 이치고는 누구나 적든 많든 문화를 담당하는 일원임에 틀림없다. 허락 없이 의학의 연구재료로 제공될 그런 호락호락한 몸은 하나도 없을 것이다. 그렇다면 의사는, 교수는, 박사는, 그가 어떤 종류의 미미한 인간에 불과한 경우일지라도 반드시 그의 감정을 존중히 하여 일언 간곡한 청탁의 말이 있어야 할 것이요 일언 승낙의 말이 있은 다음에야 교재로 사용할 수 있을 것이겠다.

 요는 이런 종류의 기여를 흔연히 하게 하는 새로운 도덕관념의 수립과 새로운 감정 관습의 보급에 있을 것이다.

 어떤 해부학자는 자기의 유해를 담임하던 교실에 기부할 뜻을 유언하였다 한다. 그의 제자들이 차마 그 스승의 유해에 해부도(解剖刀)를 대기 어려웠을 줄 안다.

 또 어떤 학술적인 전람회에서 사형수의 두개골을 여러 조각에 조각조각 켜놓은 것을 본 일이 있다. 얼른 생각에 사형수 같은 인류의 해독을 좀 가혹히 짓주물렀기로니 차라리 그래 싼 일이지, 이렇게도 생각이 되지만 또 한편으로 생각해 보면 혼백이 이미 승천해 버린 유해에는 죄가 없는 것일 것이니 같이 사람 대접으로 취급하는 것이 지당한 일일 것이 아닐까. 또한 본인의 한마디 승낙하는 유언을 얻어야 할 것이요 그렇지 않으면 통상의 예를 갖추어 주어야 옳으리라.

나환인을 위하여(첫째 격리가 목적이겠으나) 지상의 낙원을 꾸며 놓았어도 소록도에서는 탈출하는 일이 빈빈(頻頻)히 있다 한다.

만일 그런 감정이나 도덕의 새로운 관념이 보급된다면 사형수는 의례히 해부를 유언할 것이요 나환자는 자진하여 소록도로 갈 것이다.

"내 치부에 이러이러한 질환이 발생하였는데 일찍이 듣지도 보지도 못한 듯하오니 아무쪼록 여러 학자와 학생들이 모여 연구해 주시기 바랍니다."

하고 나서는 기특한 인사가 출현할는지도 마치 모른다. 그렇다면 여러 학생들 앞에 치부를 노출시키는 영광을 얻기에 경쟁들을 하는 고마운 세월이 올는지도 또 미처 모르는 것이요, 오기만 한다면 진실로 희대의 기관(奇觀)일 것이나 인류문화의 향상발달에 기여하는 바만은 오늘에 비하여 훨씬 클 것이다.

추등잡필

실수

몇 해 전까지도 동경 역두에는 릭샤 즉, 인력거가 있었다 한다. 외국 관광단을 실은 호화선이 와 닿으면 제국호텔을 향하는 어마어마한 인력거의 행렬을 볼 수 있었다 한다. 그들 원래(遠來)의 이방인들을 접대하는 갸륵한 예의리라.

그러나 오늘 그 '달러'를 헤뜨리고 가는 귀중한 손님을 맞이하는 데 인력거는 폐지되었고 통속적인, 그들에게 있어서는 너무나 통속적인 자동차로 한다고 한다.

이것은 원래의 진객(珍客)을 접대하는 주인으로서의 갸륵한 위신을 지키는 심려에서이리라.

그러나 그 코 높은 인종을 모시는 인력거는 이 나라에서 아주 없어진 것이 아니다. 아닐 뿐만 아니라 아직도 너무 많다.

수일 전 본정(本町) 좁고도 복작복작하는 거리를 관류하는 세 채의 인력거를 목도하였다. 말할 것도 없이 백인의 중년부부를 실은 인력거와 모 호텔 전속의 안내인을 실은 인력거다.

그들은 우리 시민이 정히 못 알아들을 수밖에 없는 국어로 지껄이며 간혹 조소 비슷이 웃기도 하고 손에 쥔 단장을 들어 어느 방향을 가리키기도 한다. 자못 호기에 그득 찬 표정이었다.

과문(寡聞)에 의하면 저쪽 의례준칙으로는 이 손가락질하는 버릇은 크나큰 실례라 한다. 하면 세계 만유(漫遊)를 하옵시는 거룩한 신분의 인사니 필시 신사리라.

그러하면 이 젠틀맨 및 레디는 인력거 위에 앉아서 이 낯설은 거리와 시민들에게 서슴지 않고 실례를 하는 모양이다.

'이까짓 데서는 예를 갖추지 않아도 좋다' 하는 애초부터의 괘씸한 배짱임에 틀림없다.

일순 나는 말할 수 없는 불쾌한 감정에 사로잡혀 마음대로 하라면 위선 다소곳이 그 인력거의 채를 잡고 있는 차부를 난타한 다음 그 무뢰한의 부부를 완력으로 징계하여 주고 싶었다.

그러나 또 생각하여 보면 그들은 내가 채 알지 못하는 바 세계적 지리학자거나 고현학자(考現學者)인지도 모른다. 그렇지 않은 단지 일개 평범한 만유객에 지나지 않는다 하더라도 그들은 적지 않은 달러를 이 땅에 널어놓고 갈 것이요 고국에 이 땅의 풍광과 민속을 소개할 것이다. 어쨌든 이들은 족히 진중히 접대하여야만 할 손님임에는 틀림이 없다.

그렇다면?

내가 이들을 징계하였다는 것이 도리어 내 고향을 욕되게 하는 것이리라. 그렇건만 그때 느낀 그 불쾌한 감정은 조금도 사라지지 않는다.

아무쪼록 많은 수효의 외국 관광단을 유치하는 것은 우리들 이 땅의 주인된 임무일 것이며 내방한 그들을 겸손하고도 친절한 예의로 접대하여서 그들로 하여금 이 땅 이 백성들의 인상을 끝끝내 좋도록 하는 것 또한 지켜야 할 임무일 것이다.

그러나 겸손을 지나쳐 그들의 오만과 모멸을 용납할 수 없다. 이것을 법 없이 감수하는 것은 위에 말한 주인으로서의 임무에도 배치되는 바 크다.

이 땅에 있는 것을 그들에게 구경시켜 주는 것은 결코 동물원의 곰이나 말승냥이가 제 몸뚱이를 구경시키는 심사와는 다르다. 어디까지든지 그들만 못하지 않은 곳. 그들에게 없는, 그들보다 나은 곳을 소개하고 자랑하자는 것일 것이어늘…….

인력거 위에 앉아서 단장 끝으로 손가락질을 하는 그들의 태도는 확실히 동물원 구경에 근사한 태도요 따라서 무례요 더없는 굴욕이다.

국가는 마땅히 법규로써 그들에게 어떠한 산간벽지에서라도 인력거를 타지 못하도록 취체(取締)하여야 할 것이다.

그들이 부두, 역두에 닿았을 때 직접 간접으로 이 땅의 위신을 제시하여 놓아야 할 것이다. 그것을 위선 인력거로 실어 숙소로 모신다는 것은 해괴망측하기가 짝이 없는 일이다. 동경뿐만 아니라 서울 거리에서도 이 괘씸한 인력거의 행렬을 보지 않게 되어야 옳을 것이 아닌가.

연전에 나는 어느 공원에서 어떤 백인이 한 걸식에게 50전 은화를 시여(施與)한 다음 카메라를 희롱하는 것을 지나가던 일위 무골청년(武骨靑年)이 구타하는 것을 목도한 일이 있다. 이 청년 역 향토를 아끼는 갸륵한 자존심에서 우러난 행동이었음에 틀림없으리라. 그러나 이것은 그 이방인은 어찌 되었던 잘못된 일일 것이니 투어리스트 뷰로는 한낱 관광단 유치에만 부심할 것이 아니라 이런 실수가 미연에 방지되도록 안으로서의 차림차림에도 유의하는 바가 있어야 할 것이다.

19세기식

정조

　이런 경우 즉, '남편만 없었던들' '남편이 용서만 한다면' 하면서 지켜진 아내의 정조란 이미 간음이다. 정조는 금제(禁制)가 아니요 양심이다. 이 경우의 양심이란 도덕성에서 우러나오는 것을 가리키지 않고 '절대의 애정' 그것이다.

　만일 내게 아내가 있고 그 아내가 실로 요만 정도의 간음을 범한 때 내가 무슨 어려운 방법으로 곧 그것을 알 때 나는 '간음한 아내'라는 뚜렷한 죄명 아래 아내를 내쫓으리라.

　내가 이 세기에 용납되지 않는 최후의 한꺼풀 막이 있다면 그것은 오직 '간음한 아내는 내쫓으라'는 철칙에서 영원히 헤어나지 못하는 내 곰팡내 나는 도덕성이다.

비밀

비밀이 없다는 것은 재산 없는 것처럼 가난할 뿐만 아니라 더 불쌍하다. 정치(情痴) 세계의 비밀(내가 남에게 간음한 비밀, 남을 내게 간음시킨 비밀, 즉 불의의 양면), 이것을 나는 만금과 오히려 바꾸리라. 주머니에 푼전이 없을망정 나는 천하를 놀려먹을 수 있는 실력을 가진 큰 부자일 수 있다.

이유

나는 내 아내를 버렸다. 아내는 "저를 용서하실 수는 없었습니까" 한다. 그러나 나는 한 번도 '용서'라는 것을 생각해 본 일은 없다. 왜? '간음한 계집은 버리라'는 철칙에 의혹을 가지는 내가 아니다. 간음한 계집이면 나는 언제든지 곧 버린다. 다만 내가 한참 망설여 가며 생각한 것은 아내의 한 짓이 간음인가 아닌가 그것을 판정하는 것이었다. 불행히도 결론은 늘 '간음이다'였다. 나는 곧 아내를 버렸다. 그러나 내가 아내를 몹시 사랑하는 동안 나는 우습게도 아내를 변호하기까지 하였다. '될 수 있으면 그것이 간음은 아니라는 결론이 나도록' 나는 나 자신의 준엄 앞에 애걸하기까지 하였다.

악덕

용서한다는 것은 최대의 악덕이다. 간음한 계집을 용서하여 보아라. 한번 간음에 맛을 들인 계집은 두 번째도 세 번째도 간음하리라. 왜? 불의라는 것은 재물보다도 매력적인 것이기 때문에…….

계집은 두 번째 간음이 발각되었을 때 실로 첫 번째 보지 못하던 귀곡적(鬼哭的) 기법으로 용서를 빌리라. 번번이 이 귀곡적 기법은 그 묘를 극하여 가리라. 그것은 여자라는 동물 천혜의 본질이다.

어리석은 남편은 그때마다 새로운 감상(感傷)으로 간음한 아내를 용서하겠지. 이리하여 실로 남편의 일생이란 '이놈의 계집이 또 간음하지나 않을까' 하고 전전긍긍하다가 그만두는 가엾이 허무한 탕진이리라.

내게서 버림을 받은 계집이 매춘부가 되었을 때 나는 차라리 그 계집에게 은화를 지불하고 다시 매춘할망정 간음한 계집을 용서하지도 버리지도 않는 잔인한 악덕은 범하지 말아야 한다고 나는 나 자신에게 타이른다.

슬픈 이야기
―어떤 두 주일 동안

　거기는 참 오래간만에 가본 것입니다. 누가 거기를 가보라고 그랬나 모릅니다. 퍽 변했습디다. 그 전에 사생(寫生)하던 다리 아치가 모색(暮色)[1] 속에 여전하고 시냇물도 그 밑을 조용히 흐르고 있습니다. 양 언덕은 잘 다듬어서 중간중간 연못처럼 물이 괴었고 자그마한 섬들이 아주 세간처럼 조촐하게 놓여 있습니다. 게서 시냇물을 따라 좀 올라가면 졸업기념으로 사진을 찍던 목교(木橋)가 있습니다. 그 시절 동무들은 다 뿔뿔이 헤어져서 지금은 안부조차 모릅니다. 나는 게까지는 가지 않고 걸상처럼 생긴 어느 나무토막에 가 앉아서 물속으로도 황혼이 오나 안 오나 들여다보고 앉았습니다. 잎새도 다 떨어진 나무들이 거꾸로 물속에

---

1) 날이 저물어 가는 어스레한 빛.

가 비쳤습니다. 또 전신주도 비쳤습니다. 물은 그런 틈바구니로 잘 빠져서 흐르나 봅니다. 그 내려놓은 풍경을 만져 보거나 하는 일이 없습니다. 바람 없는 저녁입니다.

그러더니 물속 전신주에 달린 전등에 불이 들어왔습니다. 마치 무슨 요긴한 '말씀' 같습니다─'밤이 오십니다'─나는 고개를 들어서 땅 위의 전신주를 보았습니다. 얼른 불이 켜집니다. 내가 안 보는 동안에 백주(白晝)를 한 병 담아 가지고 놀던 전등이 잠깐 한눈을 판 것도 같습니다. 그래 밤이 오나…… 그러고 보니까 참 공기가 차갑습니다. 두루마기 아궁탱이 속에서 바른손이 왼손을 아귀에 꼭 쥐고 땀을 흘리고 있습니다. 내 마음이 허공에 있거나 물속으로 가라앉았을 동안에도 육신은 육신끼리의 사랑을 잊어버리거나 게을리하지는 않는가 봅니다. 머리카락은 모자 속에서 헝클어진 채 끽소리가 없습니다. 어떻게 생각하면 이 가난한 모체(母體)를 의지하고 저러고 지내는 그 각 부분들이 무한히 측은한 것도 같습니다. 땅으로 치면 토박한 불모지 셈일 게니까. 눈도 퀭하니 힘이 없고 귀도 먼지가 잔뜩 앉아서 주접이 들었습니다. 목에서는 소리가 제대로 나기는 나지만 낡은 풍금처럼 다 윤택이 없습니다. 콧속도 그저 늘 도배한 것 낡은 것 모양으로 구중중합니다. 20여 년이나 하나를 믿고 다소곳이 따라 지내온 그네들이 여간 가엾고 또 끔찍한 것이 아닙니다. 이런 그윽한 충성을 지금 그냥 없이 하고 모체 나는 망하려 드는 것입니다.

일신의 식구들이(손, 코, 귀, 발, 허리, 종아리, 목 등) 주인의 심

슬픈 이야기

사를 무던히 짐작하나 봅니다. 이리 비켜서고 저리 비켜서고 서로서로 쳐다보기도 하고 불안스러워 하기도 하고 하는 중에도 서로서로 의지하고 여전히 다소곳이 닥쳐올 일을 기다리고만 있는 것 같습니다. 그러는 동안에 꽤 어두워 들어왔습니다. 별이 한 분씩 두 분씩 모여들기 시작합니다. 어디서 오시나 굿이브닝 뿔뿔이 이야기꽃이 피나 봅니다. 어떤 별은 좋은 궐련을 피우고 어떤 별은 정한 손수건으로 안경알을 닦기도 하고 또 기념촬영을 하는 패도 있나 봅니다. 나는 그런 오붓한 회장(會場)을 고개를 들어 보지 않고 차라리 물속으로 해서 쳐다봅니다. 시각이 거의 되었나 봅니다. 오늘 밤의 프로그램은 참 재미있는 여흥이 가지가지 있나 봅니다. 금단추를 단 순시(巡視)가 여기저기서 들창을 닫는 소리가 납니다. 갑자기 회장이 어두워지더니 모든 인원 얼굴이 활기를 띱니다. 중에는 가벼운 흥분 때문에 잠깐 입술이 떨리는 이도 있고 의미 있는 듯한 미소를 주고받으면서 눈을 끔벅하는 이들도 있나 봅니다. 안드로메다, 오리온, 이렇게 좌석을 정하고 궐련들도 다 꺼버렸습니다.

　그때 누가 급히 회장 뒷문으로 허둥지둥 들어왔나 봅니다. 모든 별의 고개가 한쪽으로 일제히 기울어졌습니다. 근심스러운 체조, 그리고 숨결 죽이는 겸허로 하여 장내 넓은 하늘이 더 깊고 멀고 어둡고 멀어진 것 같습니다. 무슨 일인고? 넓은 하늘 맨 뒤까지 들리는 그윽하나 결코 거칠지 않은 목소리의 음악처럼 유량한 말씀이 들려옵니다. 여러분, 오늘 저녁에는 모두들 일찍 돌아가시라는 전령입니다. 우—들 일어나나 봅니다. 베레모 검정 모자는 참 품(品)이 있어 보이고 또 서반아식 망토 자락도 퍽 보기 좋습니다. 에나멜 구두가 부드러운 융전(絨氈)을 딛는 소리가 빠드득 빠드득 꽈리 부는 소리처럼 납니다. 뿔뿔이 걸어서들 갑니다. 인제는 회장이 텅 빈 것 같고 군데군데 전등이 몇 개 남아 있나 봅니다. 늙은 숙직인이 들어오더니 그나마 하나씩 둘씩 꺼들어 갑니다. 삽시간에 등불도 다 꺼지고 어둡고 답답한 하늘 넓이에는 추잉껌, 캐러멜 껍데기가 여기저기 헤어져 있습니다.

슬픈 이야기

　무슨 일이 있으려나. 대궐에 초상이 났나 보다. 나는 팔짱을 끼고 오랫동안 잊어버렸던 우두 자국을 만져 보았습니다. 우리 어머니도 우리 아버지도 다 얽으셨습니다. 그분들은 다 마음이 착하십니다. 우리 아버지는 손톱이 일곱밖에 없습니다. 궁내부 활판소에 다니실 적에 손가락 셋을 두 번에 잘리우셨습니다. 우리 어머니는 생일도 이름도 모르십니다. 맨 처음부터 친정이 없는 까닭입니다. 나는 외갓집 있는 사람이 퍽 부럽습니다. 그러나 우리 아버지는 장모 있는 사람을 부러워하시지는 않으십니다. 나는 그분들께 돈을 갖다 드린 일도 없고 엿을 사다 드린 일도 없고 또 한 번도 절을 해본 일도 없습니다. 그분들이 내게 경제화(經濟靴)를 사주시면 나는 그것을 신고 그분들이 모르는 골목길로만 다녀서 다 해뜨려 버렸습니다. 그분들이 월사금을 주시면 나는 그분들이 못 알아보시는 글자만을 골라서 배웠습니다. 그랬건만 한 번도 나를 사살하신 일이 없습니다. 젖 떨어져서 나갔다가 23년

만에 돌아와 보았더니 여전히 가난하게들 사십디다. 어머니는 내 대님과 허리띠를 접어 주셨습니다. 아버지는 내 모자와 양복저고리를 걸기 위한 못을 박으셨습니다. 동생도 다 자랐고 막내누이도 새악시 꼴이 단단히 박였습니다. 그렇건만 나는 돈을 벌 줄 모릅니다. 어떻게 하면 돈을 버나요, 못 법니다. 못 법니다.

　동무도 없어졌습니다. 내게는 어른도 없습니다. 버릇도 없습니다. 뚝심도 없습니다. 손이 내 뺨을 만집니다. 남의 손같이 차디 차구나. '무슨 생각을 그렇게 하시나요? 이렇게 야위었는데.' 모체가 망하려 드는 기색을 알아차렸나 봅니다. 이내 위문(慰問)이 끊이지 않습니다. 그러면 무얼 하나 속절없지. 내 마음은 벌써 내 마음 최후의 재산이던 기사(記事)들까지도 몰래 다 내다 버렸습니다. 약 한 봉지와 물 한 보시기가 남아 있습니다. 어느 날이고 밤 깊이 너희들이 잠든 틈을 타서 살짝 망하리라. 그 생각이 하나 적혀 있을 뿐입니다. 우리 어머니 아버지께는 고하지 않고 우리 친구들께는 전화 걸지 않고 기아(棄兒)하듯이 망하렵니다.

　하하, 비가 오시기 시작입니다. 살랑살랑 물 위에 파문이 어지럽습니다. 고무신 신은 사람처럼 소리가 없습니다. 눈물보다도 고요합니다. 공기는 한층이나 더 차갑습니다. 까치나 한 마리…… 참, 이 스며들 듯 하는 비에 까치집이 새지나 않나 모르겠습니다. 인제는 까치들도 살기가 어려워서 경성 근방에서는 다 없어졌나 봅디다. 이렇듯 궂은비가 오는 밤에는 우는 사람이 많을 것입니다. 건너편 양옥집 들창이 유달리 환하더니 인제 누가 그 들창을 안으로 닫쳐 버립니다. 따뜻한 방이 눈을 감고 실없는 장난을 하려나 봅니다. 마음대로 하라지요. 하지만 한데는 너무 춥고 빗방울은 차차 굵어 갑니다. 비가 오네, 비가 오누나. 인제 비가 들기만 하면 날이 득하렷다. 그런 계절에 대한 근심이 마음을 불안하게 하는 때 나는 사람이 불현듯 그리워지나 봅니다. 내 곁에는 내 여인이 그저 벙어리처럼 서 있는 채입니다. 나는 가만히 여인의 얼굴을 쳐다보면 참 희고도 애처롭습니다. 여인은 그 전에 월광 아래 오래오래 놀던 세월이 있었나 봅니다. 아, 저런 얼굴에…… 그러나 입 맞출 자리가 하나도 없습니다. 입 맞출 자리란 말하자면 얼굴 중에도 정히 아무것도 아닌 자그마한 빈 터전이어야만 합니다. 그렇건만 이 여인의 얼굴에는 그런 공지가 한 군데도 없습니다. 나는 이 태엽을 감아도 소리 안 나는 여인을 가만히 가져다가 내 마음에다 놓아 두는 중입니다. 텅텅 빈 내 모체가 망할 때에 나는 이 '시몬'과 같은 여인을 체(滯)한 채 그러렵니다. 이 여인은 내 마음의 잃어버린 제목입니다. 그리고 미구에 내다 버릴 내 마음 잠깐 걸어 두는 한 개 못입니다. 육신의 각 부분들도 이 모체의 허망한 것을 묵인하고 있나 봅니다. 여인, 내 그대 몸에는 손가락 하나 대지 않으리다. 죽읍시다. "더블 플라토닉 슈사이드인가요?" 아니지요, 두 개의 싱글 슈사이드지요. 나는 수첩을 꺼내서 짚었습니다. 오늘이 11월 16일이고 오는 오는 공일날이 12월 1일이고 그렇다고. "두 주일이군요." 참 그렇군요. 여인의 창호지같이 창백한 얼굴에 금이 가면서 그리로 웃음이 가

슬픈 이야기

만히 내다보나 봅니다. 여인은 내 그윽한 공책에다 악보처럼 생긴 글자로 증서를 하나 쓰고 지장을 찍어 주었습니다. "틀림없이 같이 죽어 드리기로." 네, 감사하다 뿐이겠습니까. 나는 내가 제일 좋아하는 노래를 생각하고 휘파람을 불었습니다. 나는 세상의 모든 죄송스러운 일을 잊어버리기로 결심하였습니다. 그리고 깨끗한 손수건을 기처럼 흔들었습니다. 패배의 기념입니다. "저기 저 자동차들은 비가 오는데 어디를 저렇게 갑니까?" 네, 그 고개 너머 성모의 시장이 있습니다. "1원짜리가 있다니 정말 불을 지르고 싶습니다." 왜요. 자동차들은 헤드라이트로 물을 튀기면서 언덕 너머로 언덕 너머로 몰려 갑니다. 오늘같이 척척한 밤공기 속에서는 분도 좀더 발라야 하고 향수도 좀더 강렬한 것이 소용될 것 같습니다. 참 척척합니다. 비는 인제 제법 옵니다. 모자 차양에서도 물이 뚝뚝 떨어집니다. 두루마기는 속속들이 젖어서 인제는 저고리가 젖기 시작했습니다. 아무도 보는 사람이 없습니다. 아무도 없는데 뉘에다가 부끄러워해야 합니까? 나는 누구나 만나거든 부끄러워해 드립니다. 그러나 그이는 내가 왜 부끄러워하는지 모릅니다. 내 속에 사는 악마는 고생살이 많이 한 사람 모양으로 키가 작습니다. 또 체중도 몇 푼어치 안 되나 봅니다. 악마는 어디 가서 횡재를 하고 돌아왔습니다. 장갑을 벗으면서 초췌하나 즐거운 얼굴을 잠깐 거울 속으로 엿보나 봅니다. 그리고 나서는 깨끗한 도화지 위에 단색으로 풍경화를 한 장 그립니다.

거기도 언젠가 한번은 왔다 간 일이 있는 항구입니다. 날이 좀

흐렸습니다. 반찬도 맛이 없습니다. 젊은 사람이 젊은 여인을 곁에 세우고 우체통에 편지를 넣습니다. 찰삭, 어둠은 물과 같이 출렁출렁 하나 봅니다. 우체통 안으로 꼭두서니 빗물이 차갑게 튀어서 편지가 젖었을까 생각해 봅니다. 젊은 사람은 입맛을 다시더니 곁에 섰던 여인과 어깨를 나란히 부두를 향하여 걸어갑니다. 몇 시나 되었나…… 4시? 해는 어지간히 서로 기울고 음산한 바람이 밀물 냄새를 품고 불어옵니다. "담배를 다섯 갑만 주십시오. 그리고 50전짜리 초콜릿도 하나 주십시오." 여보 하릴없이 실감개 같지……. "자, 안녕히 계십시오." 골목은 길고 포도(鋪道)에는 귤 껍질이 여기저기 헤어졌습니다. 뚜— 부두에서 들려오는 기적 소리가 분명합니다. 뚜— 이 뚜— 소리에는 옅은 보라색을 칠해야 합니다. '부두요' 올시다. 에그, 여기도 버스가 있구려. 마스트 위에서 깃발이 오늘은 숨이 차서 헐떡헐떡 야단입니다. 젊은 사람은 앞가슴 둘째 단추를 빼어 놓습니다. 누가 암살을 하면 어떻게 하게? 축항(築港) 물은 그냥 마루젱처럼 검습니다. 나무토막이 떴습니다. 저놈은 대체 어디서 떨어져 나온 놈인구? 참, 갈매기가 나네. 오늘은 헌 옷을 입었습니다. 허공 중에도 길이 진가 봅니다. 자, 탑시다. 선벽(船壁)은 검고 굴딱지가 많이 붙었습니다. 하여간 탑시다. 시간이 된 모양이지. 뚜— 뚜뚜— 떠나나 보오. 나 좀 드러눕겠소. "저도요." 좀 똥그란 들창으로 좀 내다봐야겠군. 항구에는 불이 들어왔습니다. 여인의 이마를 좀 짚어 봅니다. 따끈따끈해요. 팔팔 끓습니다. 어쩌나…… 그러지 마우.

슬픈 이야기

담배를 피워 물었습니다. 한 개 피우고, 두 개 피우고, 잇대어 세 개 피우고, 네 개, 다섯 개, 이렇게 해서 쉰 개를 피우는 동안에 결심을 하면 됩니다. 여보, 그동안에 당신을랑 초콜릿이나 잡수시오. 선실에도 다 불이 켜졌습니다. 모두들 피곤한가 봅니다. 마흔 개, 마흔한 개…… 이렇게 해서 어느 사이에 마흔아홉 개를 태워 버렸습니다. 혀가 아려서 못 견디겠습니다. 초저녁이 흔들립니다. 여보, 이 꽁초 늘어선 것 좀 봐요! 마흔아홉 개요. 일어나요. 인제 갑판으로 나갑시다. 여인은 다소곳이 일어나건만 여전히 말이 없습니다. 흐렸군. 별도 없이 바다는 그냥 문을 닫은 것처럼 어둡습니다. 소금내 나는 바람이 여인의 치맛자락을 날립니다. 한 개 남은 담배에 불을 붙여 물고, 요거 한 대가 다 타는 동안에 마지막 결심을 하면 됩니다. 여보 섧지는 않소? 여인은 머리를 좌우로 흔들었습니다. 다 탔소. 문을 닫아라. 배를 벗어 버리는 미끄러운 소리…… 답답한 야음을 떠미는 힘든 소리…… 바다가 깨어지는 요란한 소리…… 굿바이. 악마는 이 그림 한구석에 차근차근히 사인을 하였습니다.

두 주일이 속절없이 지나가고 공일날이 닥쳐왔습니다. 강변 모래밭을 나는 여인과 함께 걷고 있었습니다. 나는 기침을 합니다. 콜록콜록— 코올록— 감기가 촉생(觸生)이 되었습니다. 바람이 상류를 향하여 인정 없이 불어옵니다. 내 포켓에는 걱정이 하나 가뜩 들어 있습니다. 여인은 오늘 유달리 키가 작아 보이고 또 생기가 없어 보입니다. 내 그럴 줄을 알았지요. 당신은 너무 젊습니다. 그렇게 젊은 몸으로 이렇게 자꾸 기일이 천연(遷延)¹⁾되는 데에서 나는 불안이 점점 커갈 뿐입니다. 바람을 띵띵 먹은 돛폭을 둘씩 셋씩 세워서 상가선(商賈船)은 뒤에 뒤이어 올라가고 있습니다. 노래나 한마디 하시구려. 하늘은 차고 땅은 젖었습니다. 과자보다도 가벼운 여인의 체중이었습니다. 나는 돌아서서 간신히 담배를 붙여 물고 겸사겸사 한숨을 쉬었습니다. 기침이 납니다. 저리 가봅시다. 방풍림 우거진 속으로 철로가 놓여 있습니다. 까치 한 마리도 없이 낙엽은 낙엽대로 쌓여서 이 세상에 이렇게 황량한 데가 또 있겠습니까? 나는 여인의 팔짱을 끼고 질컥질컥하는 낙엽을 디디면서 동으로 동으로 걸었습니다. 자갈 실은 화물차가 자그마한 기적을 울리면서 우리 곁으로 지나갑니다. 우리는 서서 그 동화 같은 풍경을 한없이 바라보았습니다. 가끔 가다가는 낙엽 위로 길도 있습니다. 그러나 사람은 하나도 만날 수가 없습니다. 어디까지든지 황량한 인외경(人外境)입니다. 나는 야트막한 여인의 어깨를 어루만지면서 그 장미처럼 생긴 귀에다 대고 부드러운 발음을 하였습니다. 집에 갑시다. "싫어요. 저는 오늘 아주 나왔세요." 닷새만 더 참아요. "참지요…… 그러나 그렇게까지 해서라도 꼭 죽어야 되나요?" "그러믄요. 죽은 셈치고 그 영혼을 제게 빌려 주실 수는 없나요?" 안 됩니다. "언제든지 죽어 드리겠다는 저당을 붙여도?" 네.

주

1) 일이나 날짜 따위를 미루고 지체함.

세상에 이런 일도 또 있습니까? 나는 주머니 속에서 몇 벌 편지를 꺼내서는 그 자리에서 다 찢어 버렸습니다. 군(君)이 이 편지를 받았을 때에는 나는 벌써 아무개와 함께 이 세상 사람이 아니리라는 내 마지막 허영심의 레터 페이퍼들이었습니다. 그러나 그게 뭐란 말입니까? 과연 지금 나로서는 혼자 내 한 명(命)을 끊을 만한 자신이 없습니다. 수양이 못 되었습니다. 그러나 힘써 얻어 보오리다. 까치도 오지 않는 이 그윽한 수풀 속에 이 무슨 난데없는 떼 상장(喪章)이 쏟아진 것입니다. 여인은 새파래졌습니다.

실낙원

소녀

　소녀는 확실히 누구의 사진인가 보다. 언제든지 잠자코 있다.

　소녀는 때때로 복통이 난다. 누가 연필로 장난을 한 까닭이다. 연필은 유독하다. 그럴 때마다 소녀는 탄환을 삼킨 사람처럼 창백하다고 한다.

　소녀는 또 때때로 각혈한다. 그것은 부상한 나비가 와서 앉는 까닭이다. 그 거미줄 같은 나뭇가지는 나비의 체중에도 견디지 못한다. 나뭇가지는 부러지고 만다.

　소녀는 단정(短艇) 가운데 있었다. 군중과 나비를 피하여. 냉각된 수압이, 냉각된 유리의 기압이, 소녀에게 시각만을 남겨 주었다. 그리고 허다한 독서가 시작된다. 덮은 책 속에 혹은 서재 어떤 틈에 곧잘 한 장의 '얄따란 것'이 되어 버려서는 숨고 한다. 내 활자에 소녀의 살결 냄새가 섞여 있다. 내 제본에 소녀의 인두 자국이 남아 있다. 이것만은 어떤 강렬한 향수로도 헷갈리게 하는 수는 없을…….

  사람들은 그 소녀를 내 처라고 해서 비난하였다. 듣기 싫다. 거짓말이다. 정말 이 소녀를 본 놈은 하나도 없다.
  그러나 소녀는 누구든지의 처가 아니면 안 된다. 내 자궁 가운데 소녀는 무엇인지를 낳아 놓았으니, 그러나 나는 아직 그것을 분만하지 않았다. 이런 소름 끼치는 지식을 내버리지 않고야 그렇다는 것이 체내에 먹어 들어오는 연탄(鉛彈)처럼 나를 부식시켜 버리고야 말 것이다.

  나는 이 소녀를 화장(火葬)해 버리고 그만두었다. 내 비공(鼻孔)으로 종이 탈 때, 나는 그런 냄새가 어느 때까지라도 저회(低徊)하면서 사라지려 들지 않았다.

육친의 장

  기독(基督)에 혹사(酷似)한 한 사람의 남루한 사나이가 있었다. 다만 기독에 비하여 눌변이요 어지간히 무지한 것만이 틀리다면 틀렸다.

　연기(年紀) 50 유(有) 1.

　나는 이 모조 기독을 암살하지 아니하면 안 된다. 그렇지 아니하면 내 일생을 압수하려는 기색이 바야흐로 농후하다.

　한 다리를 절름거리는 여인. 이 한 사람이 언제든지 돌아선 자세로 내게 육박한다. 내 근육과 골편과 또 약소한 입방(立方)의 혈청과의 원가상환을 청구하는 모양이다. 그러나 내게 그만한 금전이 있을까. 나는 소설을 써야 서푼도 안 된다. 이런 흉장(胸醬)의 배상금을 도리어 물어내라 그러고 싶다. 그러나 어쩌면 저렇게 심술궂은 여인일까. 나는 이 추악한 여인으로부터도 도망하지 아니하면 안 된다.

실낙원

　단 한 개의 상아 스틱, 단 한 개의 풍선.

　모혈에 계신 백골까지 내게 무엇인가를 강요하고 있다. 그 인감은 이미 실효된 지 오랜 줄은 꿈에도 생각하지 않고(그 대상으로 나는 내 지능의 전부를 포기하리라).

　7년이 지나면 인간 전신의 세포가 최후의 하나까지 교체된다고 한다. 7년 동안 나는 이 육친들과 관계없는 식사를 하리라. 그리고 당신네들을 위하는 것도 아니고 또 7년 동안은 나를 위하는 것도 아닌 새로운 혈통을 얻어 보겠다―하는 생각을 하여서는 안 된다.

돌려보내라고 하느냐. 7년 동안 금붕어처럼 개흙만을 토하고 지내면 된다. 아니, 미여기[1]처럼.

실낙원

천사는 아무 데도 없다. 파라다이스는 빈 터다.

나는 때때로 2, 3인의 천사를 만나는 수가 있다. 제각각 다 쉽사리 내게 키스하여 준다. 그러나 홀연히 그 당장에서 죽어 버린다. 마치 웅봉(雄蜂)처럼…….

천사는 천사끼리 싸움을 하였다는 소문도 있다.

나는 B군에게 내가 향유하고 있는 천사의 시체를 처분하여 버릴 취지를 이야기할 작정이다. 여러 사람을 웃길 수도 있을 것이다. 사실 S군 같은 사람은 깔깔 웃을 것이다. 그것은 S군은 5척이나 넘는 훌륭한 천사의 시체를 10년 동안이나 충실하게 보관하여 온 경험이 있는 사람이니까…….

천사를 다시 불러서 돌아오게 하는 응원기 같은 기는 없을까.

천사는 왜 그렇게 지옥을 좋아하는지 모르겠다. 지옥의 매력이 천사에게도 차차 알려진 것도 같다.

1) 메기.

천사의 키스에는 색색이 독이 들어 있다. 키스를 당한 사람은 꼭 무슨 병이든지 앓다가 그만 죽어 버리는 것이 예사다.

면경(面鏡)

철필 달린 펜촉이 하나. 잉크병. 글자가 적혀 있는 지편(紙片)(모두가 한 사람치).

부근에는 아무도 없는 것 같다. 그리고 그것은 읽을 수 없는 학문인가 싶다. 남아 있는 체취를 유리의 '냉담한 것'이 덕(德)하지 아니하니, 그 비장한 최후의 학자는 어떤 사람이었는지 조사할 길이 없다. 이 간단한 장치의 정물은 투탕카멘처럼 적적하고 기쁨을 보이지 않는다.

피만 있으면, 최후의 혈구 하나가 죽지만 않았으면 생명은 어떻게라도 보존되어 있을 것이다.

피가 있을까. 혈흔을 본 사람이 있나. 그러나 그 난해한 문학의 끄트머리에 사인이 없다. 그 사람은(만일 그 사람이라는 사람이 그 사람이라는 사람이라면) 아마 돌아오리라.

죽지는 않았을까. 최후의 한 사람의 병사의, 논공조차 행하지 않을 영예를 일신에 지고. 지리하다. 그는 필시 돌아올 것인가. 그래서는 피로에 가늘어진 손가락을 놀려서는 저 정물을 운전할 것인가.

그러면서도 결코 기뻐하는 기색을 보이지는 아니하리라. 지껄이지도 않을 것이다. 문학이 되어 버리는 잉크에 냉담하리라. 그러나 지금은 한없는 정밀(靜謐)이다. 기뻐하는 것을 거절하는 투박한 정물이다.
  정물은 부득부득 피곤하리라. 유리는 창백하다. 정물은 골편까지도 노출한다.

  시계는 좌향으로 움직이고 있다. 그것은 무엇을 계산하는 미터일까. 그러나 그 사람이라는 사람은 피곤하였을 것도 같다. 저 칼로리의 삭감. 모든 기계는 연한이다. 거진거진 잔인한 정물이다. 그 강의불굴(剛毅不屈)하는 시인은 왜 돌아오지 아니할까. 과연 전사하였을까.

  정물 가운데 정물이 정물 가운데 정물을 저며 내고 있다. 잔인하지 아니하냐.
  초침을 포위하는 유리 덩어리에 담긴 지문은 소생하지 아니하면 안 될 것이다. 그 비장한 학자의 주의를 환기하기 위하여.

자화상(습작)

  여기는 도무지 어느 나라인지 분간할 수 없다. 거기는 태고와 전승하는 판도(版圖)가 있을 뿐이다. 여기는 폐허다. 피라미드와 같은 코가 있다. 그 구멍으로는 '유구한 것'이 드나들고 있다. 공기는 퇴색되지 않는다. 그것은 선조가 혹은 내 전신이 호흡하던 바로 그것이다. 동공에는 창공이 의고하여 있으니 태고의 영상의 약도다. 여기는 아무 기억도 유언되어 있지는 않다. 문자가 닳아 없어진 석비처럼 문명에 잡다한 것이 귀를 그냥 지나갈 뿐이다. 누구는 이것이 데드마스크라고 그랬다. 또 누구는 데드마스크는 도적맞았다고도 그랬다.

죽음은 서리와 같이 내려 있다. 풀이 말라 버리듯이 수염은 자라지 않은 채 거칠어갈 뿐이다. 그리고 천기(天氣) 모양에 따라서 입은 커다란 소리로 외친다. 수류(水流)처럼.

월상(月像)

그 수염 난 사람은 시계를 꺼내어 보았다. 나도 시계를 꺼내어 보았다. 늦었다고 그랬다.

일주야나 늦어서 달은 떴다. 그러나 그것은 너무나 심통한 차림차림이었다. 만신창이…… 아마 혈우병인가도 싶었다.

지상에는 금시 산비(酸鼻)할 악취가 미만하였다. 나는 달이 있는 반대 방향으로 걷기 시작하였다. 나는 걱정하였다. 어떻게 달이 저렇게 비참한가 하는…….

작일(昨日)의 일을 생각하였다. 그 암흑을, 그리고 내일의 일도, 그 암흑을…….

　달은 지지하게도 행진하지 않는다. 나의 그 겨우 있는 그림자가 상하(上下)하였다. 달은 제 체중에 견디기 어려운 것 같았다. 그리고 내일의 암흑의 불길을 징후하였다. 나는 이제는 다른 말을 찾아내지 않으면 안 되게 되었다.

　나는 엄동과 같은 천문과 싸워야 한다. 빙하와 설산 가운데 동결하지 않으면 안 된다. 그리고 나는 달에 대한 일은 모두 잊어버려야 한다. 새로운 달을 발견하기 위하여.

　금시로 나는 도도한 대음향을 들으리라. 달은 타락할 것이다. 지구는 피투성이가 되리라.

　사람들은 전율하리라. 부상한 달의 악혈 가운데 유영하면서 드디어 결빙하여 버리고 말 것이다.

　이상한 괴기가 내 골수에 침입하여 들어오는가 싶다. 태양은 단념한 지상 최후의 비극을 나만이 예감할 수가 있을 것 같다.

　드디어 나는 내 전방에 질주하는 내 그림자를 추격하여 앞설 수 있었다. 내 뒤에 꼬리를 이끌며, 내 그림자가 나를 쫓는다.

　내 앞에 달이 있다. 새로운, 새로운, 불과 같은, 혹은 화려한 홍수 같은…….

병상 이후

　그는 의사의 얼굴을 몇 번이나 쳐다보았다. '의사도 인간이다, 나하고 조금도 다를 것이 없는!' 이렇게 속으로 아무리 부르짖어 보았으나 그는 의사를 한낱 위대한 마법사나 예언자 쳐다보듯이 보지 아니할 수 없었다. 의사는 붙잡았던 그의 팔목을 놓았다(가만히). 그는 그것이 한없이 섭섭하였다. 부족하였다. '왜 벌써 놓을까, 왜 고만 놓을까? 그만 보아 가지고도 이 묵은 중병자를 뚫어 들여다볼 수가 있을까.' 꾸지람 듣는 어린아이가 할아버지의 눈치를 쳐다보듯이 그는 가련(참으로)한 눈으로 의사의 얼굴을 언제까지라도 쳐다보아 고만두려고는 하지 않았다. 의사는 얼굴을 십장생화 붙은 방문 쪽으로 돌이킨 채 눈은 천장에 꽂아 놓고 무엇인지 길이 깊이 생각하는 것 같더니 길게 한숨하였다. 꽉 다물어져 있는 의사의 입은 그가 아무리 쳐다보아도 열릴 것 같지는 않았다.

안방에서 들리는 담소의 소리에서 의사의 웃음소리가 누구의 것보다도 가장 큰 것을 그는 들을 수 있었다. 모든 것은 눈물날 만큼 분하였다. 그러나 '자기의 병이 그다지 중하지는 아니하기에 저렇지' 하는 생각도 들어, 한편으로는 자그마한 안심을 가져오게 할 수도 있었다. 그러나 그러는 가운데에도 그가 잊을 수 없는 것은 그의 팔목을 잡았을 때의 의사의 얼굴에서부터 방산해 오는 술의 취기 그것이었다. '술을 마시고도 정확한 진찰을 할 수 있나.' 이런 생각을 하여 가며 그래도 그는 그의 가슴을 자제하였다. 그리고 의사를 믿었다(그것은 억지로가 아니라 그는 그렇게도 의사를 태산같이 믿었다). 그러나 안방에서 나오는 의사의 큰 웃음 소리를 그가 누워서 귀에 들을 수 있었을 때에 '내 병 같은 것은 안중에도 없지! 술을 마시고 와서 장난으로 내 팔목을 잡았지, 그 수심스러운 무엇인가를 숙고하는 것 같은 얼굴의 표정도 다 일종의 도화극(道化劇)이었지! 아, 아, 중요하지도 않은 인간.' 이런 제어할 수 없는 상념이 열에 고조된 그의 머리에 좁은 구멍으로 뽑아내는 철쇄(鐵鎖)처럼 뒤이어 일어났다. 혼자 애썼다. 그러는 동안에도 "아, 고만하세요, 전작이 있어서 이렇게 많이는 못 합니다." 의사가 권하는 술잔을 사양하는 이러한 소리와 함께 술잔이 무엇엔가 부딪히는 쨍그렁 하는 금속성 음향까지도 구별해 내며 의식할 수 있을 만큼 그의 머리는 아직도 그다지 냉정을 상실하지는 않았다.

의사 믿기를 하느님같이 하는 그가 약을 전혀 먹지 않는 것은 그 무슨 모순인지 알 수 없다. 한밤중에 달여 들여오는 약을 볼 때 우선 그는 '먹기 싫다'를 느꼈다. 그의 찌푸려진 지 오래인 양미간은 더 한층이나 깊디깊은 홈을 짓지 아니하면 아니 되었다. 아무리 바라보았으나 그 누르끄레한 액체의 한 탕기(湯器)가 묵고 묵은 그의 중병(단지 지금의 형세만으로도 훌륭한 중병환자의 자격을 가지고 있다)을 고칠 수 있을까 믿기는 예수 믿기보다도 그에게는 어려웠다.

병상이후

　목은 그대로 타들어온다. 밤이 깊어 갈수록 신열이 점점 더 높아가고 의식은 상실되어 몽현간(夢現間)을 왕래하고, 바른편 가슴은 펄펄 뛸 만큼 아파 들어오는 것이었다. 무엇보다도 우선 가슴 아픈 것만이라도 나았으면 그래도 살 것 같다. 그의 의식이 상실되는 것도 다만 가슴 아픈 데 원인될 따름이었다(적어도 그에게는 그렇게 생각되었다).

　'나의 아프고 고로운 것을 하늘이나 땅이나 알지 누가 아나.' 이러한 우스꽝스러운 말을 그는 그대로 자신에서 경험하였다. 약물이 머리맡에 놓인 채로 그는 그대로 혼수상태에 빠져 있었다. 얼마 후에 깨어났을 때에는 그의 전신에는 문자 그대로 땀이 눈으로 보는 동안에 커다란 방울을 지어 가며 황백색 피부에서 쏟아져 솟았다. 그는 거의 기능까지도 정지되어 가는 눈을 쳐들어 벽에 붙은 시계를 보았다. 약 들여온 지 10분, 그동안이 그에게는 마치 장년월(長年月)의 외국여행에서 돌아온 것만 같은 느낌이었다. 약탕기를 들었을 때에 약은 냉수와 마찬가지로 식었다. '나는 이다지도 중요하지 않은 인간이다. 이렇게 약이 식어 버리도록 이것을 마시라는 말 한 마디 하여 주는 사람이 없으니.' 그는 그것을 그대로 들이마셨다. 거의 절망적 기분으로, 그러나 말라빠진 그의 목을 그것은 훌륭히 축여 주었다.

얼마 동안이나 그의 의식은 분명하였다. 빈약한 등광(燈光) 밑에 한쪽으로 기울어져 가며 담벼락에 기대어 있는 그의 우인(友人)의 〈몽국풍경(夢國風景)〉의 불운한 작품을 물끄러미 바라다보았다. 평소 같으면 그 화면이 몹시 눈이 부시어서(밤에만) 이렇게 오랫동안 계속하여 바라볼 수 없었을 것을 그만하여도 그의 시각은 자극에 대하여 무감각이 되었었다. 몽롱히 떠올라 오는 그동안 수개월의 기억이(더욱이) 그를 다시 몽현왕래(夢現往來)의 혼수상태로 이끌었다. 그 난의식(亂意識) 가운데서도 그는 동요(動搖)가 왔다—이것을 나는 근본적인 줄만 알았다. 그때에 나는 과연 한때의 참혹한 걸인이었다. 그러나 오늘날까지의 거짓을 버리고 참에서 살아갈 수 있는 '인간'이 되었다—나는 이렇게만 믿었다. 그러나, 그것도 사실에 있어서는 근본적은 아니었다. 감정으로만 살아나가는 가엾은 한 곤충의 내적 파문에 지나지 않았던 것을 나는 발견하였다. 나는 또한 나로서도, 또 나의 주위의 모든 것에 대하여 굉장한 무엇을 분명히 창작(?)하였는데, 그것이 무슨 모양인지 무엇인지 등은 도무지 기억할 길이 없는 것은 당연

한 일이다.

그동안 수개월 그는 극도의 절망 속에 살아왔다(이런 말이 있을 수 있다면 그는 '죽어 왔다'는 것이 더 정확하겠다). 급기야 그가 병상에 쓰러지지 아니하면 아니 되었을 순간, 그는 '죽음은 과연 자연적으로 왔다'를 느꼈다. 그러나 하루 이틀 누워 있는 동안 생리적으로 죽음에 가까이까지에 빠진 그는 타오르는 듯한 희망과 야욕을 가슴 가득히 채웠던 것이다. 의식이 자기로 회복되는 사이사이 그는 이 오래간만에 맛보는 새 힘에 졸리었다(보채어졌다). 나날이 말라 들어가는 그의 체구가 그에게는 마치 강철로 만든 것으로만, 결코 죽거나 할 것이 아닌 것으로만 자신(自信)되었다.

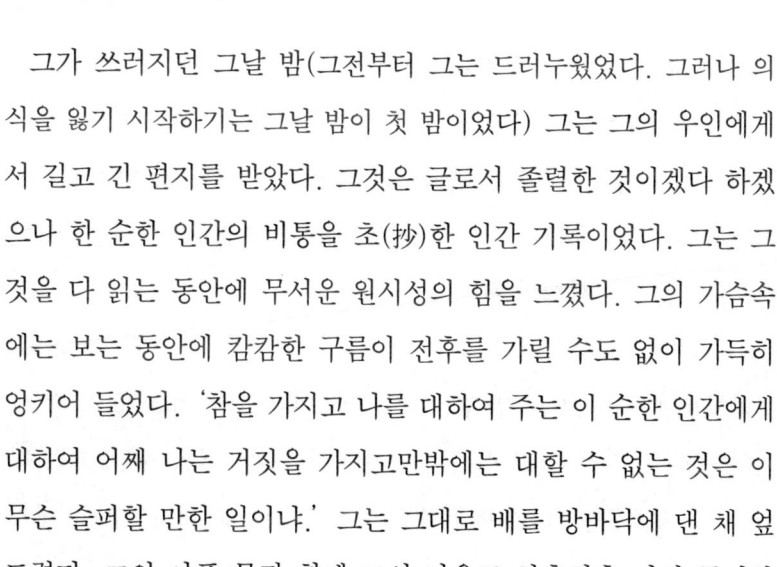

병상이후

그가 쓰러지던 그날 밤(그전부터 그는 드러누웠었다. 그러나 의식을 잃기 시작하기는 그날 밤이 첫 밤이었다) 그는 그의 우인에게서 길고 긴 편지를 받았다. 그것은 글로서 졸렬한 것이겠다 하겠으나 한 순한 인간의 비통을 초(抄)한 인간 기록이었다. 그는 그것을 다 읽는 동안에 무서운 원시성의 힘을 느꼈다. 그의 가슴속에는 보는 동안에 캄캄한 구름이 전후를 가릴 수도 없이 가득히 엉키어 들었다. '참을 가지고 나를 대하여 주는 이 순한 인간에게 대하여 어쩨 나는 거짓을 가지고만밖에는 대할 수 없는 것은 이 무슨 슬퍼할 만한 일이냐.' 그는 그대로 배를 방바닥에 댄 채 엎드렸다. 그의 아픈 몸과 함께 그의 마음도 차츰차츰 아파 들어왔다. 그는 더 참을 수는 없었다. 원고지 틈에 끼워져 있는 '3030' 용지를 꺼내어 한두 자 쓰기를 시작하였다.

'그렇다, 나는 확실히 거짓에 살아왔다. 그때에 나에게는 체험을 반려(伴侶)한 무서운 동요가 왔다. 이것을 나는 근본적인 줄만 알았다. 그때에 나는 과연 한때의 참혹한 걸인이었다. 그러나 오늘까지의 거짓을 버리고 참에서 살아갈 수 있는 '인간'이 되었다. 나는 이렇게만 믿었다. 그러나 그것도 사실에 있어서는 근본적은 아니었다. 감정으로만 살아 나가는 가엾은 한 곤충의 내적 파문에 지나지 않았던 것을 나는 발견하였다. 나는 또한 나로서도 또 나의 주위의 모든 것에 대하여서도 차라리 여지껏 이상의 거짓에서 살지 아니하면 안 되었다…… 운운.'

이러한 문구를 늘어놓는 동안에 그는 또한 몇 줄의 짧은 시를 쓴 것도 기억할 수도 있었다. 펜이 무연히 종이 위를 활주하는 동안에 그의 의식은 차츰차츰 몽롱하여 들어갔다. 어느 때 어느 구절에서 무슨 말을 쓰다가 펜을 떨어뜨렸는지 그의 기억에서는 전혀 알아낼 길이 없다. 그가 펜을 든 채로, 그대로 의식을 잃고 말아 버린 것만은 사실이다.

의사도 다녀가고 며칠 후, 의사에게 대한 그의 분노도 식고 그의 의식에 명랑한 시간이 차차로 많아졌을 때, 어느 시간 그는 벌써 알지 못할(근거) 희망에 애태우는 인간으로 나타났다. '내가 일어나기만 하면…….' 그에게는 단테의 《신곡》도 다 빈치의 〈모나리자)도 아무것도 그의 마음대로 나올 것만 같았다. 그러나 오직 그의 몸이 불건강한 것이 한 탓으로만 여겨졌다. 그는 그 우인의 기다란 편지를 다시 꺼내어 들었을 때 전날의 어두운 구름을 대신하여 무한히 굳센 '동지'라는 힘을 느꼈다. '○○씨! 아무쪼록 광명을 보시오!' 그의 눈은 이러한 구절이 씌인 곳에까지 다다랐다. 그는 물론 모르는 사이에 입 밖에 이런 부르짖음을 내기까지 하였다. "오냐, 지금 나는 광명을 보고 있다"고.

─의주통(義州通) 공사장에서.

병상이후

동경(東京)

　내가 생각하던 마루노치 빌딩[1](속칭 '마루비루')은 적어도 이 '마루비루'의 네 갑절은 되는 굉장한 것이었다. 뉴욕 브로드웨이에 가서도 나는 똑같은 환멸을 당할는지. 어쨌든 '이 도시는 몹시 가솔린 내가 나는구나!' 가 동경의 첫인상이다.

　우리같이 폐가 칠칠치 못한 인간은 우선 이 도시에 살 자격이 없다. 입을 다물어도 벌려도 척 가솔린 내가 침투되어 버렸으니 무슨 음식이고 간에 얼마간의 가솔린 맛을 면할 수 없다. 그러면 동경 시민의 체취는 자동차와 비슷해 가리로다.

　이 '마루노치' 라는 빌딩 동리에는 빌딩 외에 주민이 없다. 자동차가 구두 노릇을 한다. 보도하는 사람이라고는 세기말과 현재 자본주의를 비예(睥睨)하는 거룩한 철학인, 그 외에는 하다못해

1) 일본 도쿄의 심장부에 해당하는 대형 빌딩.

자동차라도 싣고 드나든다.

그런데 내가 어림없이 이 동리를 5분 동안이나 걸었다. 그러면 나도 현명하게 택시를 잡아타는 수밖에. 나는 택시 속에서 20세기라는 제목을 연구했다. 창밖은 지금 궁성(宮城) 호리 곁, 무수한 자동차가 영영(營營)히 20세기를 유지하느라고 야단들이다. 19세기 쉬적지근한 냄새가 썩 많이 나는 내 도덕성은 어째서 저렇게 자동차가 많은가를 이해할 수 없으니까 결국은 대단히 점잖은 것이렷다.

동경

신주쿠〔新宿〕는 신주쿠다운 성격이 있다. 박빙(薄氷)을 밟는 듯한 사치. 우리는 프랑스 야시키에서 미리 우유를 섞어 가져온 커피를 한잔 먹고 그리고 10전씩을 치를 때 어쩐지 9전 5리보다 5리가 더 많은 것 같다는 느낌이었다. '에루테루(ERUTERU)'[2] (동경 시민은 불란서를 'HURANSU'라고 쓴다)는 세계에서 제일 맛있는 연애를 한 사람의 이름이라고 나는 기억하는데 '에루테루'는 조금도 슬프지 않다.

신주쿠〔귀화(鬼火) 같은 이 번영(繁榮) 3정목(丁目)〕저편에는 판장(板墻)과 팔리지 않는 지대(地垈)와 오줌 누지 말라는 게시가 있고 또 집들도 물론 있겠지요.

2) 《젊은 베르테르의 슬픔》의 주인공.

C군은 우선 졸려 죽겠다는 나를 치쿠지〔築地〕 소극장으로 안내한다. 극장은 지금 놀고 있다. 가지가지 포스터를 붙인 이 일본 신극 운동의 본거지가 내 눈에는 서투른 설계의 끽다점 같았다. 그러나 서푼짜리 영화는 놓치는 한이 있어도 이 소극장만은 때때로 참관하였으니 나도 연극 애호가 중으로는 고급이다.

'인생보다는 연극이 재미있다'는 C군과 반대로 H군은 회의파다. 아파트의 H군의 방이 겨울에는 16원, 여름에는 14원, 춘추로 15원, 이렇게 산비둘기처럼 변하는 회계에 대하여 그는 회의와 조소가 깊고 크다. 나는 건망증이 좀 심하므로 그렇게 계절을 따라 재주를 부리지 않는 방을 원하였더니 시골사람으로 이렇게 먼 데를 혼자 찾아온 것을 보니 당신은 역시 재주가 많은 사람이라고 조주〔女中〕양이 나를 위로한다. 나는 그의 코 왼편 언덕에 달린 사마귀가 역시 당신의 행복을 상징하는 것이라고 위로해 주고 나서 후지〔富士〕산을 한번 똑똑히 보았으면 원이 없겠다고 부언해 두었다.

이튿날 아침 7시에 지진이 있었다. 나는 들창을 열고 흔들리는 대동경을 내다보니까 빛이 노랗다. 그 저편 잘 개인 하늘 소꿉장난 과자같이 가련한 후지 산이 반백의 머리를 내놓은 것을 보라고 조주양이 나를 격려했다.

긴자〔銀座〕는 한 개 그냥 허영독본(虛榮讀本)이다. 여기를 걷지 않으면 투표권을 잃어버리는 것 같다. 여자들이 새 구두를 사면 자동차를 타기 전에 먼저 긴자의 보도를 디디고 와야 한다.

낮의 긴자는 밤의 긴자를 위한 해골이기 때문에 적잖이 추하다. '살롱 하루' 굽이치는 네오사인을 구성하는 부지깽이 같은 철골들의 얼크러진 모양은 밤새고 난 여급의 퍼머넌트 웨이브처럼 남루하다. 그러나 경시청에서 '길바닥에 침을 뱉지 말라'고 광고판을 써 늘어놓았으므로 나는 침을 뱉을 수는 없다.

긴자 8정목이 내 측량에 의하면 두 자 가웃쯤 될는지! 왜? 적염난발(赤染亂髮)의 모던 영양(令孃) 한 분을 30분 동안에 두 번 반이나 만날 수 있었으니 말이다. 영양은 지금 영양 하루 중의 가장 아름다운 시간을 소화하시러 나오신 모양인데 나의 이 건조무미한 프롬나드는 일종 반추에 지나지 않는다.

나는 교바시(京橋) 곁 지하 공동변소에서 간단한 배설을 하면서 동경 갔다 왔다고 그렇게나 자랑을 하던 여러 친구들의 이름을 한번 암송해 보았다.

동경

시와스(走師) — 섣달 대목이란 뜻이리라. 긴자 거리 모퉁이 모퉁이의 구세군 사회 냄비가 보병총처럼 걸려 있다. 1전, 1전만 있으면 가스로 밥 한 냄비를 끓일 수 있다. 이렇게 귀중한 1전을 이 사회 냄비에 던질 수는 없다. 고맙다는 소리는 1전어치 가스만큼 우리 인생을 비익(裨益)하지 않을 뿐 아니라 때로는 신선한 산책을 불쾌하게 하는 수도 있으니 '보이'와 '걸'이 자선 쪽박을 백안시하는 것도 또한 무도(無道)가 아니리라. 묘령의 낭자 구세군, 얼굴에 여드름이 좀 난 것이 흠이지 청춘다운 매력이 횡일(橫溢)

하니 '폐경기 이후에 입영하여도 그리 늦지는 않을걸요' 하고 간곡히 그의 전향을 권설(勸設)하고도 싶었다.

미쓰코시〔三越〕, 마츠자카야〔松板屋〕, 이토야〔伊東屋〕, 시로키야〔白木屋〕, 마츠야〔松屋〕, 이 7층집들이 요새는 밤에 자지 않는다. 그러나 우리는 그 속에 들어가면 안 된다.

왜? 속은 7층이 아니요 한 층인데다가 산적한 상품과 무성한 숍걸 때문에 길을 잃어버리기 쉽다.

특가품, 격안품(格安品), 할인품, 어느 것을 고를까. 그러나저러나 이 술어들은 자전에도 없다. 그러면 특가·격안·할인품보다 더 싼 것은 없다. 과연 보석 등속, 모피 등속에는 눅거리가 없으니 눅거리를 업신여기는 이 종류 고객의 심리를 이해하옵시는 중형(重刑)들의 슬로건, 실로 약여(躍如)하도다.

밤이 왔으니 관사(冠詞) 없는 그냥 '긴자'가 출현이다. '코롬방'의 차(茶), 기노쿠니야〔紀伊國屋〕²⁾의 책은 여기 사람들의 교양이다. 그러나 더 점잖게 '브라질'에 들러서 스트레이트를 한잔 마신다. 차를 나르는 새악시들이 모두 똑같이 단풍무늬 옷을 입었기 때문에 내 눈에는 좀 성병(性病) 모형 같아서 안됐다. '브라질'에서는 석탄 대신 커피를 연료로 기차를 운전한다는데 나는

---

1) '싼거리'의 방언. 물건을 싸게 팔고 사는 것.
2) 일본 서점.

이렇게 진한 석탄을 암만 삼켜 보아도 정열은 불붙어 오르지 않는다.

애드벌룬이 착륙한 뒤의 긴자 하늘에는 신의 사려에 의하여 별도 반짝이려만 이미 이 카인의 말예(末裔)들은 별을 잊어버린 지도 오래다. 노아의 홍수보다도 독가스를 더 무서워하라고 교육받은 여기 시민들은 솔직하게도 산보 귀가의 길을 지하철로 하기도 한다. 이태백이 놀던 달아! 너도 차라리 19세기와 함께 운명하여 버렸었던들 작히나 좋았을까.

동경

최저낙원(最低樂園)

1

공연한 아궁이에 침을 뱉는 기습(奇習)―연기로 하여 늘 내운 방향―머무르려는 성미―걸어가려 드는 성미―불현듯이 머무르려 드는 성미―색색이 황홀하고 아예 기억 못하게 하는 질서로소이다.

구역(究疫)을 헐값에 팔고 정가를 은닉하는 가게 모퉁이를 돌아가야 혼탁한 탄산가스에 젖은 말뚝을 만날 수 있고 흙 묻은 화원(花苑) 틈으로 막다른 하수구를 뚫는데 기실 뚫렸고 기실 막다른 어른의 골목이로소이다. 꼭 한 번 데림프스를 만져본 일이 있는 손이 리졸에 가라앉아서 불안에 흠씬 끈적끈적한 백색 법랑질을 어루만지는 배꼽만도 못한 전등 아래―군마(軍馬)가 세류(細流)를 건너는 소리―산곡(山谷)을 답사하던 습관으로는 수색(搜

索) 뒤에 오히려 있는지 없는지 의심만 나는 깜빡 잊어버린 사기(詐欺)로소이다. 금단의 허방이 있고 법규세척(法規洗滌)하는 유백(乳白)의 석탄산수(石炭酸水)요 내내 실낙원을 구련(驅練)하는 수염 난 호령이로소이다. 5월이 되면 그 뒷산에 잔디가 태만(怠慢)하고 나날이 가뿐해 가는 체중을 가져다 놓고 따로 묵직해 가는 윗도리만이 고닮게 향수하는 남만도 못한 인견 깨끼저고리로소이다.

2

방문을 닫고 죽은 꿩털이 아깝듯이 네 허전한 쪽을 후후 불어 본다. 소리가 나거라. 바람이 불거라. 흡사하거라. 고향이거라. 정사(情死)거라. 매저녁의 꿈이거라. 단신(丹心)이거라. 펄펄 끓거라. 백지 위에 납작 엎디거라. 그러나 네 끈에는 연화(鉛華)[1]가 있고 너의 속으로는 소독(消毒)이 순회하고 나면 도회의 설경같이 지저분한 지문이 어우러져서 싸우고 그냥 있다. 다시 방문을 열랴. 아서라. 주저치 말랴. 어림없지 말랴. 견디지 말랴. 어디를 건드려야 건드려야 너는 열리느냐. 어디가 열려야 네 어저께가 들여다보이느냐. 마분지로 만든 임시 네 세간—석박(錫箔)으로

---

1) 분의 일종.

빚어 놓은 수척한 학이 두 마리다. 그럼 천후(天候)도 없구나. 그럼 앞도 없구나. 그렇다고 네 뒤꼍은 어디를 디디며 찾아가야 가느냐 너는 아마 네 길을 실없이 걷나 보다. 점잖은 개 잔등이를 하나 넘고 셋 넘고 넷 넘고―무수히 넘고 얼마든지 겪어 제치는 것이―해내는 용(龍)인가 오냐 네 행진이더구나 그게 바로 도착(到着)이더구나 그게 절차더구나 그다지 똑똑하더구나 점잖은 개 떼가 월광이 은화 같고 은화가 월광 같은데 멍멍 짖으면 너는 그럴 테냐. 너는 저럴 테냐. 네가 좋아하는 송림(松林)이 풍금처럼 발개지면 목매 죽은 동무와 연기 속에 정조대 채워 금해 둔 산아제한의 독살스러운 항변을 홧김에 토해 놓는다.

3

연기로 하여 늘 내운 방향―걸어가려 드는 성미―머무르려 드는 성미―색색이 황홀하고 아예 기억 못하게 하는 길이로소이다. 안전을 헐값에 파는 가게 모퉁이를 돌아가야 최저낙원의 부랑한 막다른 골목이요 기실 뚫린 골목이요 기실은 막다른 골목이로소이다.

에나멜을 깨끗이 훔치는 리졸 물 튀기는 산곡 소리 찾아보아도 없는지 있는지 의심나는 머리끝까지의 사기로소이다. 금단의 허방이 있고 법규를 세척하는 유백의 석탄산이요 또 실낙원의 호령이로소이다. 5월이 되면 그 뒷산에 잔디가 게으른 대로 나날이 가벼워 가는 체중을 그 위에 내던지고 나날이 무거워 가는 마음이 혼곤히 향수하는 겹저고리로소이다. 혹 달이 은화 같거나 은화가 달 같거나 도무지 풍성한 삼경에 졸리면 오늘 낮에 목 매달아 죽은 동무를 울고 나서—연기 속에 망설거리는 B의 항변을 홧김에 방 안 그득히 토해 놓은 것이로소이다.

4

　방문을 닫고 죽은 꿩털을 아깝듯이 네 뚫린 쪽을 후후 불어 본다. 소리나거라. 바람이 불거라. 흡사하거라. 고향이거라. 죽고 싶은 사랑이거라. 매저녁의 꿈이거라. 단심이거라. 그러나 너의 곁에는 화장(化粧) 있고 너의 안에도 리졸이 있고 있고 나면 도회의 설경같이 지저분한 지문이 쩔쩔 난무할 뿐이다. 겹겹이 중문(中門)일 뿐이다. 다시 방문을 열까. 아설까. 망설이지 말까. 어림없지 말까. 어디를 건드려야 너는 열리느냐 어디가 열려야 네 어저께가 보이느냐.

　마분지로 만든 임시 네 세간—석박으로 빚어 놓은 수척한 학두루미. 그럼 천기가 없구나. 그럼 앞도 없구나. 그렇다고 뒤통수도 없구나. 너는 아마 네 길을 실없이 걷나 보다. 점잖은 개 잔등이를 하나 넘고 둘 넘고 셋 넘고 넷 넘고—무수히 넘고—얼마든지

해내는 것이 꺾어 제치는 것이 그게 행진이구나. 그게 도착이구나. 그게 순서로구나. 그렇게 똑똑하구나. 점잖은 개—멍멍 짖으면 너도 그럴 테냐. 너는 저럴 테냐. 마음놓고 열어젖히고 이대로 생긴 대로 후후 부는 대로 짓밟아라. 춤추어라. 깔깔 웃어 버려라.

무 제
— 초추(初秋)

    초추(初秋), 양지 쪽은 아직 덥다. 그 일광 아래서 옥수수는 황옥으로 날마다 익어 간다.
    집들의 첨하(檐下) 밑에 구슬 같은 옥수수 묶음이 매달려 있다. 명년에 대한 준비 — 한없이 윤회하는 농가의 세월이여.
    나락은 이삭만을 급각도(急角度)로 굽히고 있다. 그래 꼼짝할 수도 없다. 그리고 그럼으로써 들은 만경(萬頃)의 물결을 일으키고 있다.
    그 논둑 위에 서서 나는 그 불투명한 물결 사이로 자태도 없이 흐르는 잔잔한 맑은 물소리를 듣는다.
    한낮, 망막한 원경은 이 사소한 맑은 물소리로써 계산되고 있는 것만 같다. 건강한 정밀(靜謐)이여. 명징한 맥박이여.

아침은, 나는 식어 들기 일쑤였다. 만사는 나에게 더욱 냉담한 사념(思念)이 되어 간다.

신(神)을 엄습하는 가을의 사색, 그럴 때마다 느끼는 생존의 적막과 울고(鬱苦)에 견뎌낼 수 없다. 나의 전방(前方)에 선명한 문자처럼 전개하는 자살에의 유혹.

그러나…….

나의 냉각한 피는 이 성(聲)쇠처럼 꽃다운 맥박 속에서 포옹처럼 따뜻해지는 것이었다.

창백한 맨발을 일광이 불타듯 물들였다. 나의 보조(步調)는 한가하고 즐겁다. 걸으면서 집들을 빠끔히 들여다본다.

문과 창은 깊이 잠겨 있었다. 어째서 그들은 그들의 곰팡난 미밀(微密)을 일광에 쪼이지 않는 것일까. 음참(陰慘)한 전통이여. 오랜 옛조선(祖先)이 그 둔중한 창문 뒤에서 앓고 있다. 골수를, 불결을…….

점괘의 암담함이여, 언제면 이 땅과 폐쇄된 집집마다 행운과 환희가 찾아올 것인가.

그래도 남루 조각 같은 아해들은 복숭아씨를 돌멩이로 두들겨 깨면서 묵묵히 놀고 있었다. 저주 같은 햇빛이 그 위에 그림자가 깊숙이 두드러지게 내리쬐고 있었다.

뜰엔 시어머니와 새 며느리가 있다. 남자들은 모두 들에 나간 것일 게다.

회화(會話)―4, 5명의 여인들은 상반신을 벌거벗고 씩씩하게

선 일들을 한다. 암소와 함께 — 소도 수소는 들에 나간 것이다.

　도색(挑色)의 젖 빠는 어린것을 흔들흔들 흔들면서 맷돌을 돌리는 암소의 큰 실체는 의외로 적게 여자답게 보여서 상냥스러웠다.

　소중한 가족인 것이다. 암소까지도 생계를 함께하면서 여러가지 말을 주고받는 것처럼 보였다.

　돼지, 닭, 그리고 오래된 솜털 같은 강아지. 들은 넓고 해님은 단 하나이다.

　이 땅에도 문명은 침입해 왔다. 먼 산등을 넘어 늘어서 있는 철골의 망대가 보이고 그리고 그것으로 이 촌도 전화(電話)하려는 전기회사의 사택의 빨간 인조 슬레이트 지붕을 짚으로 이엉을 인 지붕과 겹친 저편에 병적으로 선명히 빛나 보였다.

　맑은 물소리도 멀어서 들리지 않는다. 촌과 들은 마치 백주의 슬픈 점괘에 서버린 채 굳어 버린 화폭이다. 혼수(昏睡)와 같은 문명의 마술에 드디어 꾸벅꾸벅 조는 것일까. 이 촌에 행복 있으라.

무
계

이 아해들에게 장난감을 주라

토지 일대는 현무암질이어서 중(中)·남선(南鮮)에 많이 있는 화강암질과 비하면 몹시 아름답지 못하다. 그래서 지방 아해들은 선천적으로 조약돌도 줍지 않는다.

나는 해양 같은 권태 속을 헤엄치고 있다. 지느러미는 미적지근한 속에 있다.

아해들은 아우성을 지르면서 나의 유쾌한 잠을 송두리째 뒤흔들어 놓았다. 나는 깜짝 놀랐다. 구릿빛 살결을 한 남아처럼 뵈는 아해 두셋이 내가 누워 있는 곁에서 놀고 있는 것이다. 모색(暮色)이 망토 모양으로 그들의 시체 같은 불결을 휩싸고 있다.

오호라, 아해들은 어떻게 놀아야 좋을지 모르는 모양이다.
그러나 그들은 완전히 거세되어 버린 것이 아니다. 풀을 휘뚜루

뽑아 가지고 와서 그걸 만지작거리며 놀아 본다. 영원한 절색(絶色)—절색은 그들에게 조금도 특이하거나 신통치 않다. 아해는 뭐든 그들을 경탄케 해줄 특이한 것이 탐나는 것이다. 하지만 아무리 둘러봐야 현재의 그들로선 규모가 지나치게 큰 가옥과 권속(혈연)과 끝없는 들판과 그들의 깔긴 똥이나 먹고 돌아다니는 개새끼들 등.

그들은 이런 모든 것에 지쳐 버렸다. 그들은 흥취를 느낄 만한 출구가 없다. 그들은 무의식적으로 어째야 좋을지 어쩔 줄을 모른다. 그들, 상처에 어지러이 쥐어 뜯긴 풀잎 조각들이 함부로 흩어져 있다.

오호라, 이 아해들에게 가지고 놀 것을 주라.

이 아해들에게 장난감을 주라

비록 더러우나 그들의 신선한 손엔 아무것도 없다.

조그맣게 그리고 못 견디도록 슬픈 그들의 두뇌가 어떻하면 좋을까 하고 생각한다. 유희를 버린 아해란 것이 과연 있을 수 있는가, 하고.

그렇다. 유희 않는 아해란 있을 수 없다. 유희를 주장한다. 유희를 요구한다.

아무래도 살길 없는 죽음(우리는 이래도 역시 아해랄 수 있는가?).

이윽고 그들은 발명한다. 장난감 없어도 놀 수 있는 방법을.

두 손을 앞으로 쭉 뻗기도 하며 뛰돌아다니기도 하며 한곳에 버티고 서서 몸을 뒤틀기도 하며 이것은 전혀 율동적이 아니며 그저 척해 보는 것이다.

그리고 어느 품사에도 소속치 않는 기묘한 아우성을 지르면서 거의 자신들을 동댕이치듯 떠들어 댔다. 가엾게도 볼수록 엉터리다.

이것도 유희인가, 이래도 재미있는가—이렇게 광적이고도 천격(賤格)인 광경에 적이 눈시울을 적셨다.

나는 이 불쌍한 소란 옆에서 정신을 잃었다.

암만 기다려도 아해들은 이 어처구니없는 유희를 그만두지 않는다. 어럽쇼. 이러다가 이 아해들은 참으로 미쳐 버리지나 않을까. 어디서나 권태로워서 안절부절못한다는 것은 치명적인 부상이라기보다도 인간에겐 더욱 치명적인 것만 같다. 현재 내 자신을 보라. 나는 혹 내부에서 이미 구원될 수 없을 정도로 미쳐 버리지 않았다고 누가 나를 보증하겠는가?

내게서 이미 불쾌한 감정이 뭉게뭉게 일어났다.

이 우주의 오점보다도 더욱 밉살스런 불행한 아해들이 태어났다는 것을 나는 저주한다.

허나 그러는 중에 이 기괴한 유희에도 이만 싫증이 난 것이겠지—고요히 실망하고 만 그들은 아무런 동기도 목적도 없는 것만 같다. 도무지 분명치 못한 작태로 그 근방을 방황하고 있었다.

나는 그들이 벌써 발광한 거나 아닌가 생각하고 슬퍼하였다. 그러나 모색에서도 그들의 용모는 정상적이었다.

아해가 놀지 않는다는 현상은 병이 아니면 사망일 것이다. 아해는 쉴 새 없이 유희한다. 그래서 놀지 않는다는 것은 전연 불가능한 일이다. 그러니 앞으로 이 아해들은 또 어떻게 놀 것인가. 나는 걱정하였다. 다음에서 그 다음으로 놀 수 있는(장난감 없이) 그런 방법을 발견 못한 아해들은 결국 혹시 어른처럼 자살이나 하지 않을까 하고.

이 아해들에게 장난감을 주라

나는 그들에게 가르쳐 주고 싶다. 말하자면 돌멩이를 집어 이 근방에 싸다니는 남루 조각 같은 개들을 칠 것. 피해 달아나는 개를 어디까지나 뒤쫓을 것 등. 그러나 그들은 선천적으로 이 토지의 돌멩이가 기막히게 추악하다는 걸 알고 있음인지, 결코 돌멩이를 줍지 않는다(또 농촌에선 돌 던지는 걸 엄금하고 있다는 이유도 있을 것이다).

이번만은 또 어떤 기상천외의 노는 법이라도 고안하여 그들의 생명을 유지할 것인가. 불연(不然)이면 정말 발병하여 단번에 죽어 버릴 것인가. 이상한 흥분과 긴장으로 나는 눈을 홉뜨고 있다.

잠시 후 그들은 집 사립짝 옆 토벽을 따라 약속이나 한 것처럼 나란히 늘어서서 쭈그리고 앉는다. 뭔지 소곤소곤 모의하는 성하더니 벌써 침묵이다. 그리고 열중하기 시작하였다.

똥을 내지르는 것이었다. 나는 아연 놀랐다. 이것도 소위 노는 것이랄 수 있을까. 또는 그들은 일시에 뒤가 마려웠던 것일까. 더러움에 대한 불쾌감이 나의 숨구멍을 막았다. 하늘만큼 귀중한 나의 머리가 뭔지 철저히 큰 둔기에 얻어맞고 터지는 줄 알았다. 그뿐인가. 또 한 가지 나를 아연케 한 것은 남아인 줄만 알았었는데 빤히 들여다보이는 생식기―아니 기실은 배뇨기였을 줄이야. 어허 모조리 마이너스고녀. 기괴천만한 일도 다 있긴 있도다.

이번엔 서로의 엉덩이 구멍을 서로 들여다보기 시작하였다. 하는 짓마다 더욱 기상천외다.

그들의 얼굴빛과 대동소이한 윤기 없는 똥을 한 덩어리씩 극히 수월하게 해산하고 있다. 그것으로 만족이다.

허나 슬픈 것은 그들 중에 암만 안간힘을 써도 똥은커녕 궁둥이마저 나오지 않아 쩔쩔매는 것도 있다. 이러고야 겨우 착상한 유희도 한심스럽기 그만이다. 그 명예롭지 못한 아이는 이제 다시 한번 젖먹던 힘까지 내어 하복부에 힘을 줬으나 역시 한발(旱魃)이다. 초조와 실망의 빛이 역력히 나타났다. 나도 이 아이가 특히 미웠다. 가엾게도, 하필이면 이럴 때 똥이 안 나오다니, 미움을 받다니, 동정의 대상이 되다니.

선수들은 목을 비둘기처럼 모으고 이 한 명의 낙오자를 멸시하였다(우리 좌석의 흥을 깨어 버린 반역자).

이 마사(摩詞) 불가사의한 주문 같은 유희는 이리하여 허다한

---

1) 가뭄.

불길과 원한을 품고 대단원을 고하였다. 나는 이제 발광하거나 졸도할 수밖에 없다. 만신창이 빈사의 몸으로 간신히 그곳에서 도망하였다.

이 아해들에게 장난감을 주라

모색(暮色)

바구니의 삼베보를 벗기자 머루와 다래가 나왔다.

내게 사달라는 것이다. 머루와 다래의 덜 익은 맛을 나는 좋아않는다. 나는 들어가지 않겠다고 하였다.

도대체 어처구니없이 젊다.

그리고 또 하나의 바구니엔 복숭아가 가득 들어 있었다. 복숭아는 복숭아 같은 모양을 하고 있다는 것만으로써 무릇 복숭아는 아니다. 새파랗고 조그만 하여간 다른 과실이었다. 그러나 이건 복숭아인 것이다.

나는 그것들을 조금씩 먹어 보곤 깜짝 놀랐다. 대체로 내 혓바닥은 약하다. 내 혀는 금세 맹목이 될 성싶다.

촌사람들 특히 아해들은 아귀처럼 입을 물들이며 먹는 것이었다. 나는 그들의 혀가 초인간적으로 건강한 데에 혀를 차지 않을 수 없었다. 아니 촌사람만도 아니다. 파는 사람 자신부터가 열심히 먹으면서 장사를 하는 것이다. 그건 그렇게 먹음으로써 다른 사람들에게도 식욕을 일으킬 수 있다는 속셈도 있을 것이다. 늘어진 팔자라 하겠다.

한 사람은 꼬부랑 노파로서 불행한 운명 때문에 50 평생을 이미 꼬깃꼬깃 구겨 버리고 말았다. 보기만 해도 가엾은 상이다. 그리고 또 한 사람은 어처구니없이 젊다. 그것은 어머니다.

모색

젖먹이 어린놈은 더럽혀진 장난감처럼 삐이삐이 하고 때로 심술궂게 악을 쏜다. 그런데 어머니는 거의 무신경이다. 그뿐인가, 때 묻은 유방을 축 늘어뜨리고서 머루만 씹고 있다.

과연 노파는 한푼이라도 더 돈으로 바꾸고 싶은 노파심에서였을 것이다. 먹지도 않고 그 곁에서 수연만장(垂涎萬丈)[1)]하는 나에게 하나쯤 먹어 보는 것도 좋다, 그리고 먹음직하거든 제발 좀 사달라고 얼굴은 울음 반 웃음 반이다.

나는 나대로의 노파심 때문에 하여간 나는 사지 않을 테니 필요 없다고 말한다.

그러자 이번엔 어린것에게 젖을 먹이느라고 잠시 먹던 걸 중지한 그 젊은 어머니에게 권하는 것이었다. 아마 그녀는 노파의 며느리일 것이다.

며느리는 다시 복숭아와 머루를 그 시원스런 즙을 입속 가득히

1) 침을 만 길이나 흘린다는 뜻. 몹시 탐냄을 가리키는 말.

157

스며들도록 넣으면서 음향 효과도 신명지게 씹고 있다.

무엇보다도 나는 스물일고여덟밖에 안 되는 새댁이 어떻게 어린놈을 낳았을까 하고 그것이 가장 불가사의해서 견딜 수 없었던 것이다.

서방은 건장한 농사꾼일 것이다. 약간 나이가 위인…… 아니면 나이가 아래일까?

부부의 비밀—노파의 저 쭈굴쭈굴한 얼굴에 나타난 단념과 만족의 표정. 아들의 행복은 바로 노파의 행복인 것이다.

그리고 이 새댁도 어느덧 저 세피아 색으로 반짝반짝거리는 노파가 될 것이다.

그리고 지금 저 가슴팍에 매달려 있는 젖먹이 때문에 자기의 50 평생을 희생한 것도 잊고서 단념과 만족의 전생(全生)을 보낼 것이다.

또 새 며느리를 맞이할 때도 산엔 다래와 머루가 익을 것이다. 그땐 그것이 벌써 전매특허가 되어 버렸을지 모른다. 어느덧 모색(暮色)은 마을에 내려와서 저 빈약한 장사치들도 다 돌아가 버렸다.

그러나 저 노파의 자태는 다만 홀로 '조세장려표항(租稅獎勵標杭)' 곁에서 애닯게도 고요히 호젓하였다. 그러나 그것도 노파의 노파심에서일 것이다. 젊은 어머니의 자태는 이미 그 곁에 없었다.

어리석은 석반(夕飯)

만복(滿腹)의 상태는 거의 고통에 가깝다. 나는 마늘과 닭고기를 먹었다. 또 어디까지나 사람을 무시하는 후쿠진쓰케[福神漬]¹⁾와 지우개 고무 같은 두부와 고춧가루가 들어 있지 않는 뎃도마수 같은 배추 조린 것과 짜다는 것 이외 아무 미각도 느낄 수 없는 숙란(熟卵)을 먹었다. 모든 반찬이 짜기만 하다. 이것은 이미 여러 가지 외형을 한 소금의 유족(類族)에 지나지 않는다. 이건 바로 생명을 유지하는 데 목적을 두고 있는 완전한 쾌적 행위이다. 나는 이런 식사를 이젠 벌써 존경지념(尊敬之念)까지 품고서 대하는 것이다.

이 지방에 온 후, 아직 한 번도 담배를 피지 않았다. 장지(長指)

1) 무, 가지, 콩 등으로 만든 절임 음식.

의, 저 러시아 빵의 등허리 같은 기름진 반문(斑紋)은 벌써 사라져 자취도 없다. 나는 약간 남은 기름기를 다른 편 손의 손톱으로 긁어 버리면서, 난 담배는 피지 않습니다 하고 즉답할 때의 기쁨을, 내심으로 상상하며 혼자 유쾌했던 것이다. 요즘 나의 머리는 오로지 명료하다고 말할 수 없으나 적어도 담배 연기만을 제외한 명료만은 획득하고 있음을 자부한다. 물론 나는 단 한 번도 내 두뇌를 시험해 본 일이 없으므로 분명한 것은 알 수 없다.

모색(暮色)은 침침하여 쓰르라미 소리도 시작되었다. 외줄기 도로에 면한 대청에 피차의 구별없이 모여든다. 그것은 오로지 개항장(開港場) 비슷한 기분이다. 그리고 서로 상대에게 식사하셨냐고 물음으로써 으레 그 다음에 있을 어리석고 쓸데없는 잡담의 실마리부터 만드는 것이다. 이건 정말 평화롭고도 기묘하지만 그러나 이런 것이 그들에겐 지극히 자연적으로 취급된다. 실로 부러운 잡음들이다. 그 중 한 사람은, 어느 고리대금을 하는 경찰서장보다도 권세에 있어 훨씬 능가한다는 점을 길게 말한다. 모두 약속이나 한 것처럼 감격한다. 그것은 그 고리대금쟁이가 은행이율에 비해서 다만 1푼밖에 높지 않는 이식(利息)을 취하기 때문에, 한 촌락의 존경을 여하히 일신에 모으고 있느냐에 의하여 권세는 증명된 셈이다. 도적이 결코 그를 습격하지 않는 것은 24시간 중 그의 집 문이 개방되어 있는 것만 보아도 내맥(內脈)을 빤히 알 수 있을 것이다. 그쯤 되면 나도 감격하여 무의식 중에

목을 끄떡였다. 그리고 장기를 두었다. 모두 한 덩어리가 되어 훈수를 한다. 마지막엔 완전히 훤소(喧騷)의 덩어리로 화해 버린다. 그러는 중에 여러 번 주연자(主演者)가 무의식 중에 교대되었다. 호화스런 스포츠다.

나는 이 20여 호가 못 되는 촌락 한가운데를 관통하는 한 줄기 통로를 왕래한다. 나는 집들을 주의 깊이 더구나 타인에게 들키지 않게 들여다보았다. 결단코 그 속은 어두워서 아무것도 보이지 않았다. 모깃불을 올려서 연기는 푸르고 누렇다. 대규모의 모기 쫓는 불이다. 그것은 독가스 못지않는 독과 악취와 자극성을 갖고 있어 어느덧 눈물마저 짜내게 한다. 나는 이집 저집 들여다보던 것을 중지한다. 순전히 사람을 몰아내기 위해 올리는 모깃불이기도 하다. 별이 나왔다. 일찍이 아무도 촌사람에게, 하늘에서 별이 나온다는 걸 가르쳐준 사람이 없으므로 그들은 별이란 걸 모른다. 그것은 별이 송두리째 하느님에 틀림없다. 더구나 1등성, 2등성 하고 구별하는 사람의 번쇄(煩瑣)야말로, 가히 짐작할 수 있도다. 불행한 사람들임에 틀림없다.

그러나 그 중에도 백면의 청년이 있어 이 촌락의 숭고한 교양을 교란한다. 경멸해야 할 작자다. 그런 백면들은 나이트가운을 입기도 하며, 머리에 포마드를 바르기도 하며, 바이올린을 켜기도 하며, 신문을 읽기도 하면서 촌사람을 얼떨얼떨하게 만든다.

그러나 이 촌락은 평화하다. 나는 마늘 냄새 풍기는 게트림을 하였다. 마늘, 이 토지의 향기를 빨아 올린 귀중한 것이다. 나는 이 권태 바로 그것인 토지를 사랑하는 동시, 백면들을 제외한 그들 촌사람의 행복을 축복하고 싶다. 이제 나는 움직일 수 없는 태산처럼 만족 상태이다.

인간이 인간의 능력으로써 어느 정도 타태(惰怠)할 수 있느냐가 문제일까. 사실 이 목적도 없는 게으른 생활은 어쩐 일인가. 도대체 이것이 과연 생활이라고 이름할 수 있는가.

추풍은 적막하여 새벽녘의 체온은 쥐에게 긁어 먹힌 듯 감하(減下)한다. 어느 정도까지 감하하면 겨우 그제부터 경계해야 할 상태가 되는 것일 게다. 곧 잠에서 깨어난다. 아침 햇빛은 깊이 그리고 쓸쓸한 음영과 함께 뜰 가운데 적막하다. 가을의 구슬픔이 은근히 몸에 스며든다.

어느덧 오줌이 마렵다. 이건 어젯밤부터의 소변일 것이다. 잠시 동안 오줌이 마렵다는 것을 사유 속에 유지하면서 막연한 것을 생각한다. 아무 일도 떠오르지 않는다. 이건 소위 아무것도 생각지 않는 것보다 더욱 불순한 상태일 것이다.

갑자기 나는 오줌은 싸버리지 않으면 안 된다는 것과, 독소의 체내 침전은 신체에 유해하다는 데 정신이 쏠렸다. 나는 놀라 버린다. 호박의 백치 같은 잎사귀 밑에다 소변을 한다. 들은 이제야 누렇게 물들어 아침 햇빛에 제법 아름답게 빛나고 있다. 그러는 동안에도 나는 역시 어떤 정리된 것을 생각하는 것은 불가능하였다.

7시다. 밤과 낮이 전혀 전도되어 있는 내게 있어 오전 7시에 잠을 깬다는 것은 지극히 우스꽝스러운 일이다. 이건 정위생(定衛生)에 반드시 나쁘다고 나는 생각해 버린 것이다. 나 같은, 즉 건전한 신으로부터 버림받은 인간에게 있어 오전 7시의 기상은 오로지 비위생이며 불섭생이리라.

다시 침구 속에 파고들어가, 진짜 수면은 이제부터라고 주장하면서도, 의식적으로 자는 척한다.

잠들지 않는다. 우스울 지경이다. 더구나 아침 공기는 너무나 싸늘한 것 같다. 서늘하다는 것은 내게 있어 춥다는 것과 같다. 일어날까? 일어나서 어떡하겠다는 건가? 그걸 생각하면, 갑자기 불쾌해지고 모든 시간이 나에겐 터무니없는 고통의 연속 같기만 해서, 견딜 수 없다. 이러는 동안에 몸은 더욱 식어들 뿐, 나는 침구 속에 깊이 파고들면서 얼떨떨해진다. 너무 파고들면 발이 나온다. 발이 공기 속에 직하(直下)로 튀어나온다는 것은 내게 있어 가장 중대한 위구(危懼)이다. 발은 항상 양말이나 이불 속에 숨어 있어야 한다. 벌써 초조해진 이상, 잠든다는 것은 단념해야 한다.

그런데…… 이건 또 어떤 일인가. 배가 명동(鳴動)하는 것이다. 소화 성적은 극히 양호하다고 하던데, 벌써 위주머니 속엔 아무것도 남았을 리 없는데, 전혀 원인을 알 수 없다. 필시 발, 발이 싸늘해진 때문일 것이다.

무슨 일이건 다 불쾌하다는 걸 계속해서 생각하는 것은 불쾌하다. 그러자 이번은 이웃방 사람들의 식사하는 소리가 들려온다. 꼭 개가 죽 먹을 때의 소리다. 인간이 식사하는 것을, 보이지 않는 곳에서 숨어서 들을 때, 개의 그것과 똑같다는 것을 발견함은 일대 쾌사(快事)라 하겠다. 나는 그 반찬들을 상상해 본다. 나의 식사와 조금도 다르지 않는 것들일 것이니 말이다. 이러고 보니 나는 몹시 시장하다. 빨리 일어나 밥을 먹자. 그건 좋은 생각이다. 그럼 밥을 먹은 후 또 뭣을 먹으면 좋을까. 먹을 것이라곤 없다. 닭이 요란스레 울부짖는다. 알을 낳는 것일 게다. 아니라면 괭일까. 괭이라면 근사하겠다. 맘속으로 날개가 흩어지는 민첩한 광경을 그려 보면서 마침내 일어나 볼까. 따뜻한 갓 낳은 계란이 하나 먹고 싶고나 하고, 부질없는 일을 원해 본다.

이렇게 오고 가는 방향이 서로 어긋나는 생리상태와 심리상태는 도대체 어쩌자는 셈일까. 심리상태가 뭣이든 사사건건마다 생리상태에 대하여 몹시 노하고 있는 것이다. 아니라면 그 반대일 것이다. 오로지 그렇게밖에 볼 수 없는, 수습할 수 없는, 상태며 난국이다. 나는 건강한지 불건강한지, 판단조차 할 수 없다. 건강하다면 나는 이 세상 모든 건강한 사람의 그 누구와도 (조금도) 닮지 않았다. 불건강하다면 이건 얼마나 처치 곤란하리만큼 뻔뻔스런 그렇게 약해빠진 몰골인가.

시계를 보았다. 9시 반이 지난. 그건 참으로 바보 같고 우열(愚

劣)한 낯짝이 아닌가. 저렇게 바보 같고 어리석은 시계의 인상을 일찍이 한 번도 경험한 일이 없다. 9시 반이 지났다는 것이 대관절 어쨌단 거며 어떻게 된다는 것인가. 시계의 어리석음은 알 도리조차 없다. 세수하기 전에 나는 잠시 동안 무슨 의의라도 있는 듯이 뜰을 배회한다. 뜰 한구석에 함부로 자라는 여러 가지 화초를 들여다본다. 그것들은 다 특색이 있어 쾌적하다. 아침 햇볕에 종용(從容)히 목을 숙인 것만 같아서 단정하고도 가련하다. 기생화―언제면 이 간드러진 이름을 가진 식물은 꽃을 보여줄까 하고, 내가 걱정하자, 주인은 앞으로 3일만 지나면 꽃이 필 것이라고 말한다. 아직 꽃봉오리도 나와 있지 않으니 터무니없는 거짓말일 것이다. 주인의 엉터리 대답은 참말처럼 꾸미고 있어서 쾌적하다.

어리석은 석반

여인숙집 주인은 우스꽝스런 사나이다. 그 멀쩡하게 시침 떼고 있는 얼굴 표정은 사람을 웃기기에 충분하다.

호박꽃에 벌이 한 마리 앉았다. 벌은 개구리 같은 형태를 하고 있다. 이 소 같은 꽃에 열심히 물고 늘어졌대야 별수 없을 것이다.

유자넝쿨엔 상당수의 열매가 늘어져 있다. 제법 오렌지 비슷한 것은 사람의 불알 같아서 우습다. 특히 그 전표면에 나타나 있는 많은 소돌기는 보는 사람으로 하여금 심심케 하지 않는 형태다.

나는 얼굴을 씻으면서 사람이 매일 이렇게 세수를 해야 한다는 것이 얼마나 번쇄한가에 대해 고민하였다. 사실 한없이 게으름뱅

이인 나는 한 번도 기꺼이 세숫물을 써본 기억이 없다.

　밥상이 오기까지 나는 이제 한번 뜰 가운데를 소요하였다. 그러자 남루한 강아지가 한 마리 어디서 나타났는지 끼어들었다. 이 여인숙에선 개를 기르지 않으니 이건 다른 집 개일 것이다. 내겐 전혀 구애 없이, 그러면서도 내심으론 몹시 나를 두려워하는 듯, 나에게서 약간 거리를 둔 지점에 걸음을 멈추는 기색도 없이 머물러 서서, 내 눈엔 아무것도 보이지 않는 땅바닥 위를 벌름거리며 냄새만 연방 맡는다. 그러자 여인숙집의 일곱 살쯤 된 딸아이가 옥수수(알맹이는 다 먹어 버린) 꽁다리를 그 강아지 앞에 던졌다. 강아지는 잠깐 그 냄새를 맡아 보다가, 이윽고 그것이 식용에 적합하지 않는 물체란 걸 알아차리자, 원래 아무것도 없는 땅바닥을 다시 한번 맡아 보는 시늉을 하곤, 거기서마저 아무런 소득이 없자 그대로 살금살금 그곳을 떠나 버렸다. 나는 갑자기 촌락 중에 득실거리는 저 많은 개들은 다 뭣을 먹고서 살아 있는 것일가 하고 그것이 걱정되기 시작하였다. 생각하면 개를 기르는 주인이 제각기 일정한 시간에 일정한 식물을 개에게 주겠지. 그럼 개주인은 항상 그렇게 빠짐없이 그것을 이행하는 것일까. 어느새 잊는 수도 있을 것이다. 그럴 때 한 집안에서 기르는 여러 마리 개는 어떻게 될까. 촌락은 좁다. 사람들은 옥수수 꽁다리 같은 물건 이외엔 잘 물건을 버리지 않는다.

　암담할 뿐이다. 그러나 개도 개지, 글쎄 아무것도 없는 땅바닥을 열심히 몇 번씩이나 냄새를 맡는 것은 얼마나 우열한 일이뇨.

개는 개다. 나는 인간으로 태어나서 행복하다—역시 이런 걸 생각하는 자체부터가 아무것도 없는 땅바닥을 냄새 맡는 것과 다름없을 것이다. 그러나…….

개도 가버렸다. 나는 이제 무엇을 관찰해야 좋을지 모르겠다. 나는 울타리 너머로 산과 들을 바라보기로 한다. 산은 어젯날과 같이, 자체마저 알 수 없는 새벽녘 빛을 대변하고 있다. 들은 어젯밤 이래 아무 일도 일어나지 않았다. 저 밑바닥은, 태양도 없는 어두운 공포의 한가운데 있으면서도, 얼마나 무신경한 둔감 바로 그것인가. 산은 소나무도 없는 활엽수만으로써 전혀 유치한 자격뿐이다. 이 광대무변한 제애(際涯)도 없는 세련되지 못한 영원의 녹색은 도대체 어디로부터 어디에까지 계속하고 있는 것인가.

어리석은 석반

나는 이 정도로써 이 홍수 같은 녹색의 조망에 싫증이 나버렸다. 나는 하늘을 쳐다보기로 한다. 원래부터 하늘엔 무어고 있을 리 만무하다. 그러나 구름이 있다. 그것은 어제도 백색이었다. 그리고 오늘도 하얗다. 여름 구름에도 있을 성싶지 않는 단조롭고도 저능한 일이다. 구름의 존재란 것은 무엇을 의미하는가? 비가 된다고? 나는 아직 한 번도 구름이 비가 된다는 것을 믿어본 적이 없다. 그렇다면 저건 자기 스스로를 속이고 있다. 부끄러운 줄도 모른다. 완전히 부운(浮雲) 같은 존재에 지나지 않는다. 나는 이 아침의 이 세상의 어느 나라의 지도와도 닮지 않은 백운을 망연히 바라보며 인생의 무한한 무료함에 하품을 하였다.

감벽(紺碧)의 하늘, 종일 자기 체온으로 작열하는 태양, 햇볕은 황금색으로 반짝이고 있다.

어찌한 까닭인가? 저 감벽의 하늘이 중후하여서 괴롭고 무더워 보이는 것일 게다. 화초는 숨이 막혀 타오르고, 혈흔의 빨간 잠자리는 병균처럼 활동한다.
쇠파리와 함께 이 백주(白晝)는 죽음보다도 더욱 적막하여 음향이 없다. 지구의 끝 성스런 토지에 장엄한 질환이 있는 것일 게다.
닭도 그늘에 숨고 개는 목을 드리우고 있다. 대기는 근심의 빛에 충만하였다.

뼈마디 마디가 봉명(封命)을 목표하고 쑤신다. 모든 나의 지식은 망각되어 방대한 암석 같은 심연에 임하여, 일악(一握)의 목편(木片)만도 못하다.
미온적인 체취를, 겨우 녹슬어 가는 화초의 혼잡 속에 유지하고 있는 나.
헛된 포옹. 사랑하는 자들이여. 어느 곳으로? 정서의 완전한 고독 속에서 나는 나의 골절마다 동통을 앓는다.
그러나 나에겐 들린다. 이 크나큰 불안의 전체적인 음향이. 쇠파리와 함께 밑바닥 깊숙이 적요해진 천지는, 내 뇌수의 불안에 견딜 수 없음으로 인한 혼도(昏倒)에 의한 것이다. 나는 그걸 알고 있다. 이제 지상에 무슨 일이 일어나지 않으면 안 된다. 만일

이대로 아무 일도 일어나지 않는다면 우주는 그냥 그대로 암흑의 밑바닥에서 민절(悶絶)¹⁾하여 버릴 것이다.

늘어선 집들은 공포에 떨고 계시(啓示)의 종이 조각 같은 백접(白蝶) 두서너 마리는 화초 위를 방황하며 단말마의 숨을 곳을 찾고 있다. 그러나 어디에 그런 곳이 있는가. 대지는 간모(間毛)의 틈조차 없을 만큼 구석마다 불안에 침입되어 있는 것이다.

그때였다. 나의 가슴에 음향한 것은 유량한 종소리였다. 나는 아차! 하고 머리를 들었다.

대지의 성욕에 대한 결핍. 이 엄중하게 봉쇄된 금제의 대지에 불륜의 구멍을 뚫지 않으면 안 된다.

이 이상 참을 수 없는 충혈. 나는 이 천년처럼 무겁고 괴로운 건강한 악혈(惡血) 속을 헤엄치고 있다. 경계의 종이 마지막 울렸던 것이다. 그러나 역시 지상엔 아무 일도 일어날 기색조차 없다.

나는 시퍼렇게 충혈되고 팽창한 손가락이 손가락질하는 곳으로, 쑤시고 아픈 보조를, 소보다도 둔중히 일보 일보 옮기고 있었다.

벌써 백접의 번득임도 음삼(陰森)한 사물의 그림자 속에 숨어 버린 후, 공간은 발음이 막혀서 헛되이 울고 있다. 적적히. 적적히.

일순, 숨결의 거친 곳에…….

1) 너무 기가 막혀 정신을 잃고 까무러침.

사태는 그 절정에서 폭발하였다. 그리하여 촌락의 모든 조화와 토인(土人)은 정상적인 정서를 회복하였다.

나는 안심하였다. 그러고서 욕망하였다. 성욕을 수욕(獸慾)을. 나의 구간(軀幹)은 창백히 유척(庾瘠)하였다. 성욕에의 갈망으로 초조와 번민 때문에.

지구의 이런 구멍에서 나오는 것일 게다. 한 마리의 순백한 암캐가 무겁게 머리를 드리우고 농밀한 침으로 주둥이를 더럽히면서 슬금슬금 나온다. 어떻게 될 것이냐. 지구의, 한없는 성욕의 백주(白晝) 속에서, 여하히 이행되어 갈 것인가, 하고 나의 가슴은 뛰었다.

순백한 털은, 격렬한 탐욕 때문에 약간 더럽혀졌으므로, 오래된 솜을 생각게 하였다. 그리고 방순(芳醇)한 체취를 코에서 발산하고 있었다. 코 가장자리의 유연한 얄팍한 근육은 끊임없이 씰룩씰룩 신경질로 씰룩거렸다. 그리고 보조는 더욱더욱 졸린 듯이, 돌멩이 냄새를 맡기도 하며, 나무 조각 냄새를 맡기도 하며, 복숭아씨 냄새를 맡기도 하며, 마침내 아무것도 없는 지면(地面) 냄새를 맡기도 하면서, 연신 체중의 토출구(吐出口)를 찾는 것 같다.

음문(陰門)은 사향처럼 살집 좋게 무게 드리워서 농후한 습기로 몹시 더럽혀져 있었다. 그리고 때로는 목을 비틀고서 제 음문을 냄새 맡기까지도 하였다. 그러나 불만과 대기의 무료함이 그 악혈에 충만한 체중을 더욱더욱 무겁게 할 뿐이다.

마침내 취기는 먼 곳을 불렀다. 한 마리의 순흑색 개가 또 어디

선지 모르게 나타나 괴상한 이 고혹적인 음문의 주위를 걸음마저 어지러이 늘어놓는다. 암캐는 꼬리를 약간 높이 들어올리면서 천천히 정든 표정으로 돌아본다.

생비린내 나는 공기가 유동하면서, 넋을 녹여낼 듯한 잔물결의 바람이 가벼운 비단바람을 흔들어 일으켰다.

일광 아래서 코도반처럼 촌처녀의 피부는 염염(艶艶)히 빛났다.

그녀들의 체취는 목장 풀과 봉선화 향기로 변하였다. 이 처녀들도 격렬한 노역엔 땀을 흘릴까.

투명한 맑은 물 같은 땀…… 곡물처럼 따뜻이 향기 나는 땀…….

저 생률(生栗)처럼 신선한 뇌수는 동백 기름을 바른 모발 밑에서 뭣을 생각하고 있는 것일까. 무슨 꿈을 꾸고 있는 것일까. 황옥(黃玉)처럼 투겨진 옥수수의 꿈. 우물 속에 움직이는 목고어의 꿈. 그리고 가엾은 물빛 인견(人絹)의 꿈. 그리고 서투른 사랑의 꿈.

촌처녀의 성욕은 대추처럼 푸르기도 하고 세피아 빛으로 검붉기도 하다.

그러나 그 중에 증기처럼 백색인 처녀를 보기도 한다. 목공미(木公尾)를 머리에 이고, 내 곁을 지나는 것이 께름해서, 일부러 머언 길을 돌아가는 그 증기 같은 처녀…….

조부는 주름투성이인 백지 같은 한 방 속에 웅크리고서 노후를 앓으며 묵묵히 죽음을 기다리고 있다. 고요한 골편이여, 우울한 유령이여.

나는 어젯밤도 조셋드와 요트와 해변 호텔과 거류지와의 혼잡한 도회의 신문 같은 꿈을 보았다.

두뇌는 어젯날 신문처럼 신선함을 잃으며 퇴색하고 있었다.

나는 이들 처녀 앞에서 이런 부륜(腐倫)한 유혹을 품고 길 잃은 아해가 되어 버렸다.

아해들은 어디로 가버린 것일까. 풀덤불 속에?

파랗게 질리면서 납촉(蠟燭)처럼 타고 있다. 축 늘어진 나의 자태를, 저 증기의 처녀는, 거친 발(簾) 너머로 보고 있다.

나는 완전히 불쌍하게 보이겠지. 또는 메마른 풀 같은 나의 듬성듬성 난 수염이 이상해 보이는 것일까.

만취한 양 비틀거리며 나는 세수수건을 지팡이로 의지하며 목욕장 속으로 떨어져 갔다. 모든 걸 물에 흘려 버리자는 슬픈 생각을 하면서.

대기는 약간 평화하다. 그러나 나의 함정은 아직 보이지 않는다.

첫 번째 방랑

출발

    통화(通化)는 시골이라고들 한다. 그리고 아직껏 위험하다고들 한다. 그는 진도(陣刀) 모양의 끈 달린 지팡이를 가지고 있었다. 나는 그것이 금세 칼집에서 불쑥 알맹이를 드러내는 것이나 아닌지 겁이 났다. 나는 또 그에게 아편을 본 적이 있느냐고 물어 보았다. 그가 어떤 대꾸를 했는지, 그건 잊어버렸다.

    그―그는 작달막하고 이쁘장하게 생긴 사나이다. 안경 쓰는 걸 머리에 포마드 바르는 것처럼이나 하이칼라로 아는 그는 바로 요전까지 종로의 금융조합에 근무하고 있었단다. 그가 나를 어떻게 생각하고 있는지는 모르지만, 나는 그를 아주 사람 좋고 순진하고 인정이 넘치는 사람인 줄 알고 있다. 그를 멸시할 생각도 자격도 나에겐 추호도 있을 수 없다.

    그리고 그는 현재 만주의 통화라는 곳에 전근해 있다고 하지 않는가.

오랫만에 돌아온 경성은 정답기 그지없다고 한다. 경성을 떠나고 싶지 않다. 카페, 그리고 지분(脂粉) 냄새도 그득한 바하며 참으로 뼈에 사무치게 좋다는 게다. 통화는 시골이라 오락 기관─그의 말을 따르면─같은 것이 통 없어서 쓸쓸하단다.

나는 그의 말에 일일이 고개를 끄덕여 보였다. 실상 나는 그 방면의 일은 제법 잘 알고 있을 것 같으면서 조금도 그렇지 못한 것인데, 그는 자꾸만 그런 것에 대해 고유명사를 손꼽아 대곤 나를 깜짝깜짝 놀라게 하는가 하면, 또 나아가서는 사계(斯界)의 종업자(從業者)[1]인 나보다도 이처럼 많은 것을 알고 있다는 걸 뽐내 보임으로써, 그 천생의 도락벽에다 여하히 달콤한 우월감을 더해 볼까 하는 속셈인 것 같으나, 나는 또 나로서 사실 말이지 그의 여러 가지 이야기에 고분고분 경의를 표하지 않을 수 없는 노릇이었다.

그의 하찮은, 한 번에 3원 정도의, 좀더 소규모로는 5, 60전의 도락은 정말 싫증 나는 법이 없는가 보다. 그는 또 무엇보다도 금수강산으로 이름난 평양에 한나절 놀고 싶노라고도 했다. 평양 기생은 예쁘다. 하지만 노는 상대는 어쩐지 기생은 아닌 성싶다.

그와 얘기한다는 건 한없이 나를 침묵케 하는 일이다. 그가 하

───
[2] 이상은 다방 '제비', 카페 '쓰루', 다방 '식스나인' 등을 경영한 적이 있다.

는 이야기에 일일이 감탄을 표하고 있지 않으면 안 되니 말이다.

나는 얘기해서 그를 감격케 할 만한 아무것도 갖지 않았다. 나의 이야기는 그가 그저 괴상하다는 느낌만 들게 할 따름이리라. 첫째, 나는 나의 초라한 행색을 어떻게 변명해야 좋을는지를 알지 못한다. 그는 나의 이 빈약한 꼴을 비웃을 것에 틀림없다. 나로선 그것은 참기 어려운 노릇이다.

나의 여행은 진실로 모파상 식이라는 것을 그에게 설명해 주고 싶다. 허나 나의 혼탁한 두뇌는 그것을 어떻게 설명해야 좋을지 엄두가 나지 않는다. 나는 입을 다물고 그저 무턱대고 초조해하는 수밖엔 없다.

첫 번째 방랑

집을 나설 때, 나는 역에서 또 기차간에서 아무하고도 만나지 않았으면 싶었다. 다행히 역에는 아무도 없다. 내가 아는 사람은 아무도 없었다.

나는 이 뭐가 뭔지 알 수 없는 여행에 대해 변명을 하는 것은 정말이지 나로선 괴로운 일이다. 나는 기차간에서도 아무하고도 만나지 않았으면 싶었다.

그는 이렇게 언짢은 얼굴을 한 나를 보고, 참으로 치근치근하게 인사를 했다. 나는 애써 얼굴에 웃음을 지으면서 한동안 어리둥절해 있었다. 그는 그런 일에는 무관심한 모양이다. 나그넷길에 길동무…… 어쩌고 하면서, 그는 자진해서 그의 만주행이 얼마만큼 장도의 여행인가를 설명한다.

경성 신의주 6시간하고도 20분, 스피드업한 국제열차 아니고선 그를 만족시킬 수는 없다고 그런다. 그러나 그는 여태 비행기라는 편리한 교통기관이 있다는 사실을 알지 못하는 것만 같다.

  나는 왜 이렇게 피로해 있는가에 대하여 생각해 보았다. 어제는 엊그제 같기도 하고, 또한 내일 같기조차 하다. 나에겐 나의 기억을 정리할 만한 끈기가 없어졌다. 나는 이젠 입을 다물고 있는 수밖엔 별도리가 없었다.

  거대한 바위 같은 불안이 공기와 호흡의 중압이 되어 마구 짓눌렀다. 나는 이 야행열차 안에서 잠을 자지 않으면 아니 된다.
  미지의 사람들이 우글거리는 차내의 한구석에서, 나의 눈은 자꾸만 말똥말똥해지기만 한다.
  그는 이윽고 이 불손하기 짝이 없는 사나이한테 이야기하는 것이 얼마나 부질없는 노릇인가를 깨달았던 것일까. 비스듬히 맞은편 좌석에 누이동생인 듯한 열 살쯤 난 여자아이를 데리고 있는 한 여학생 차림의 얌전한 여인 위에 그의 주의를 돌리기 시작한다(그런 것 같았다). 나처럼 그는 결코 여인을 볼 때는 눈을 번쩍이거나 하지 않는다. 느슨한 먼 풍경을 바라보는 사람과 같이 그야말로 평화스럽다. 평화스러운 눈매 그것이다.
  나도 그 여자 쪽을 본다. 잘생기지는 못했다. 그러나 꽤 감성적인 얼굴이다. 살찐 듯하면서도 날렵하게 야윈 정강이는 가볍고 또 애처롭다. 포도를 먹었을 때처럼 가무스레한 입술이다. 멀리 강서 근처에서 폐를 요양하는 애인을 생각하는 그런 표정이었다.

나는 모든 것을 잊어버리지 않으면 아니 된다. 나 자신을 암살하고 온 나처럼, 내가 나답게 행동하는 것조차도 금지되지 않으면 아니 된다.

《세르팡》[1]을 꺼낸다. 아폴리네르가 즐겨 쓰는 테마 소설이다. 〈암살당한 시인〉. 나는 신비로운 고대의 냄새를 풍기는 주인공에게서 '벤케이'[2]를 연상한다. 그러나 그것은 시인이기 때문에, 낭만주의자이기 때문에, 저 벤케이와 같이 결코 화려하지는 못할 것이다.

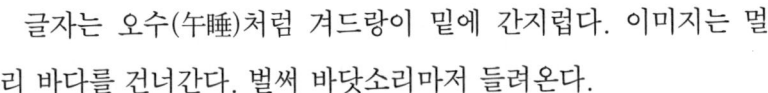

글자는 오수(午睡)처럼 겨드랑이 밑에 간지럽다. 이미지는 멀리 바다를 건너간다. 벌써 바닷소리마저 들려온다.

이렇게 말하는 환상 속에 나오는 나, 영상은 아주 반지르르한 루바슈카를 입은 몹시 퇴폐적인 모습이다. 소년 같은 창백한 털복숭이 풍모를 하고 있다. 그리곤 언제나 어느 나라인지도 모를 거리의 십자로에 멈춰 서 있곤 한다.

나는 차가운 에나멜의 끝이 뾰족한 구두를 신고 있다. 나는 성큼성큼 걷기 시작한다. 얼마 후 꿈 같은 강변으로 나선다. 강 저편은 목멘 듯이 날씨가 질척거리고 있다. 종이 울리는가 보다. 허나 저녁 안개 속에 녹아 버려 이쪽에선 영 들리지 않는다.

나처럼 창백한 얼굴을 한 청년이 헌책을 팔고 있다. 나는 그것

1) 일본의 유명한 문화 잡지.
2) 일본의 승려이자 무사로, 미나모토 요시쓰네를 주군으로 섬겼다.

들을 뒤적거린다. 찾아낸다. 나카무라 쓰네의 자화상 데생 말이다.

멀리 소년의 날, 린시드 유의 냄새에 매혹되면서 한 사람의 화인(畫人)은, 곧잘 흰 시트 위에 황달색 피를 토하곤 했었다.

문득 그가 페이지를 넘기는 소리가 났다. 이건 또 어찌 된 셈일까? 그도 열심히 책을 읽고 있다. 그리고 미간에 주름살마저 잡혀 있지 않은가. 《킹구》[1] — 이 천진한 사나이의 마음을 아프게 하는 그 어떤 기사가 그 속에 있다는 것일까?

나는 담배를 피우듯이 숨을 쉬었다. 그 아가씨는? 들녘처럼 푸른 사과 껍질을 깎고 있다. 그 옆에서 저 여동생 같기도 한 소녀는 점점 길게 드리워지는 껍질을 열심히 응시하고 있다. 독일 낭만파의 그림처럼 광선도 어둡고 심각한 화면이다.

나는 세상 불행을 제가끔 짊어지고 태어난 것 같은 오욕에 길든 일족을 서울에 남겨 두고 왔다. 그들은 차라리 불행을 먹고 살고 있는 것인지도 모른다. 그들은 오늘 저녁도 또 맛없는 식사를 했을 테지. 불결한 공기에 땀이 배어 있을 테지.

나의 슬픔이 어째서 그들을 진심으로 사랑할 수 없는가? 잠시나마 나의 마음에 평화라는 것이 있었던가. 나는 그들을 저주스럽게 여기고 증오조차 하고 있다. 그렇지만 그들은 멸망하지 않

1) 일본의 대중문화 잡지.

는다. 심한 독소를 방사하면서, 언제나 내게 거치적거리며 나의 생리에 파고들지 않는가.

지금 야행열차는 북위(北緯)를 달리고 있다. 무서운 저주의 실마리가 엿가락처럼 이 열차를 쫓아 꼬리가 되어 뻗쳐 온다. 무섭다, 무섭기만 하다.

나는 좀 자야겠다. 허나 눈꺼풀 속은 별의 보슬비다. 암야(暗夜)의 거울처럼 습기 없이 밝고 맑은 눈이 자꾸만 더 말똥말똥하기만 하다.

책을 덮었다. 활자는 상(箱)에게서 흘러 떨어졌다. 나는 엄격한 자세를 하지 않으면 아니 된다. 나는 이젠 혼자뿐이니까.

차창

사람들은 모두 잠이 들어 있다. 그것이 나에겐 아무래도 이상스럽기만 하다. 어째서 앉은 채 사람들은 잠자는 것일까? 그러한 사람들의 생리조직이 여간 궁금하지 않다. 저 여학생까지도 자고 있다. 검은 드로어즈가 보인다. 허벅다리 언저리가 한결 수척해 보인다.

피는 쉬고 있나 보다. 가만히 들여다보니 그 얼굴은 몹시 창백하다. 슬픈 나머지 울고 있는 것처럼 보이기까지 한다.

기차는 황해도 근처를 달리고 있는 모양이다. 가끔가끔 터널 속에 들어가 숨이 막히곤 했다 도미에의 〈삼등열차〉가 머리에 떠올랐다.

나는 고양이처럼 말똥말똥해서 단정히 앉아 있었다. 이따금 포즈를 흐트려 잠잘 수 있을 만한 자세를 해본다. 하지만 그것은 부질없이 뼈마디를 아프게 하는 이외의 아무것도 아니다. 나는 체념한다. 해저에 가라앉는 측량기처럼 나는 단정히 앉아 있다.

창밖은 깊은 안개다. 아무것도 안 보인다. 능형(菱形)으로 움직이는 차창의 거꾸로 비친 그림자에 풀 같은 것들의 존재가 간신히 인정된다.

내가 앉아 있는 쪽으로 이건 또 누구일까, 다가오는 기척이 난다. 나는 반사적으로 고개를 그쪽으로 돌린다. 지극히 키가 큰 사람이다. 중대가리다. 입을 한일자로 다물고 있다. 눈엔 독기를 띠고 있는 것 같기만 했다.

옆에까지 온 그 사람은, 별안간 무엇을 떨어뜨리거나 한 것처럼 커다란 소리를 내었다. 나는 오싹했다. 하지만 몸이 움직여지지 않는다.

지나가는 무슨 악귀처럼 그 사람은 맞은편 도어를 열고 다음 찻간으로 자취를 감추었다. 이게 어찌 된 일일까. 저 금융조합 사나이가 가지고 있던 진도 모양의 단장(短杖)을 넘어뜨렸던 것이다. 그는 잠이 깨지는 않았다. 이건 또 어찌 된 일일까.

사람들은 답답한 숨들을 쉬었다. 개중엔 커다라니 입을 벌리고 있는 사람조차 있었다. 폐들은 풀무처럼 소리내어 울렸.

탁한 공기는 빠져나갈 구멍을 잃고 있다. 송사리떼 같은 세균의 준동이 육안에도 보이는 것만 같다. 나는 코를 손가락으로 집어 봤다. 끈적거리면서 양쪽 벽면은 희미한 소리마저 내면서 부착했다. 나는 더 숨을 쉴 수가 없다. 정신이 아찔했다. 안면은 순식간에 빨갛게 물들어 갔다. 다시마가 집채 같은, 콘크리트 같은 파도에 흔들리고 있는 것이 보였다. 일순간 그들 다시마는 뱀장어로 변형돼 갔다. 독기를 품은 푸르름이 나의 육체를 압착했다. 나를 내부로 질질 끌고 갔다. 이제 완전히 나는 선머슴애가 되고 말았다. 세월은 나의 소년의 것이다. 나는 가련한 아이였다.

풀밭이 먼 데까지 펼쳐져 있다. 언덕 너머 목초 냄새가 풍겨 온다. 빨간 지붕이 보였다. 여기는 대체 어디란 말인가?

첫 번째 방랑

나의 강막(綱膜)에 거대 괴물이 비쳤다. 그것은 점점 멀어져 가는 것 같았다. 나는 이제 놀라지 않는다. 이렇게 내 손은 희다.

이 사나이는 또 다시 저 진도처럼 생긴 단장을 넘어뜨렸던 것이다. 이 무슨 경망스런 작자일까. 그건 그렇다 치더라도 아까 넘어졌던 그걸 일으켜 단정히 세워 놓은 사람은 누구일까. 나는 그것을 보지 않는다. 그런데도 그것은 얌전하게 서 있지 않으면 안 된다는 이치인 것이다. 그렇다 치더라도 또 나는 이 무슨 환상의 풍경을 눈앞에 본 것일까. 나는 그만 꾸벅꾸벅 졸았던 모양이다. 그러는 동안에 어쩌면 누군가가 내 옆을 지나갔을 것이다. 그리고 저 단장을 일으켜 놓은 모양이다. 저 사나이는 아직도 잠에서 깨어나지 않고 있다.

몹시 두드려대는(도어를) 소리로 해서 나의 의식은 한층 또렷해졌다. 내 앞에서 저 진도처럼 생긴 단장이 뒹굴어 있다. 나는 반쯤 조소로써 그것을 응시하고 있다. 그것은 어째 알맹이가 없는 그저 그런 장님 진도인 것 같다. 사람들은 저런 걸 사는 것이다. 이걸 만든 사람은 그것을 알고 있었기에 바로, 저 얼토당토않은 물건을 만들었을 것이다. 나는 그것을 짚어 보았다. 나는 단장 휘두르기를 좋아한다. 머리가 민짜인 그 단장은 휘두를 수는 없다. 나는 발밑 풀을 후려쳐 쓰러뜨리는 그런 시늉을 해보았다.

풀을 건드리지 않고 단장은 날카롭게 공기를 베었다. 나는 또 그 끝으로 흙을 눌러 보았다. 시뻘건 피 같은 액체가 아주 조금 배어 나왔다. 나는 몸에 가벼운 그러나 추위에 충분히 대비할 수 있는 고귀한 양복을 입고 있었다.

내 눈앞에서 한 여인이 해산을 하고 있다. 치골 언저리가 몹시 아프다. 팔짱을 끼듯 나는 그 애처로운 광경을 그저 바라만 보고 있다. 팔굽 언저리는 딱딱한 책상이다. 책상 위엔 아무것도 없다.

말소리가 유리를 뚫고 맑게 울리는 시골 사투리가 되어 들려왔다. 그것들은 더없이 즐겁다. 그리고 좀 시끄럽기조차 하다.

나는 개떼한테 쫓기고 있었다. 나는 쏜살같이 달아난다. 이윽고 나의 속도는 개들의 그것보다 훨씬 뒤진다. 개들의 흙투성이 발이 내 위에 포개졌다. 무수한 체중이 나를 짓누른다. 개들은 나를 쫓고 있는 것은 아니리라. 나를 밟고 넘어선 나의 전방 먼 저쪽 방향을 향해 달려가는 것이었다. 그렇다 치더라도 이건 또 어쩌면 이렇게도 숱한 개의 수효란 말인가.

열차는 멈춰 있었다. 밤안개 속에 체온을 증발시키고 있었다. 턱수염인 것처럼 때때로 기관차는 뼈 돋힌 숨을 쉬었다.

차창 밖을 흘깃 내다보았더니 이건 또 유령의 나라 순사인가. 금빛 번쩍거리는 모자를 쓴 사람이 습득물 바퀴 하나를 가지고 우두커니 서 있다. 이윽고 태엽을 감기나 한 듯이 종종걸음으로 걷기 시작했다. 그 순간 그의 얼굴에 어디선지 불이 옮겨 붙었는가 하자, 이미 그 모습은 방대한 어둠의 본체 속으로 빨려들어 보이지 않게 되었다.

나는 모골이 송연했다. 보아선 아니 된다. 나는 또 그 무슨 참혹한 광경을 목도한 것일까. 그런 생각을 하고 있자니까 내 귀에 산 같은 것이 무너져 떨어졌다.

내 귀는 멀어 있었던가. 그것은 남행의 국제특급인 것 같았다. 그렇다 치더라도 내 뒤는 멀어 있었던가.

아무것도 남기지 않고, 그리고 모든 것을 남기고 또 하나의 야행열차는 야기(夜氣) 때문에 흠씬 젖은 덩치를 엇비비듯 지나쳤다.

누군가가 슬픈 음색으로 기적을 불었다. 그렇게 느껴졌다. 마을은 보이지 않는다. 마을은 잠든 사이에 멸형(滅刑)되었나 보다.

개찰구에 홀로 우두커니 기대고 있던 백의(白衣)의 사람이 에스컬레이터처럼 움직이기 시작했다. 금빛을 번쩍거리던 사람은 다시 어디선가 나타나서 엄숙하게 거수경례를 해보였다. 나는 내심 혀를 낼름 내밀었다. 이건 혹시 장난감 기차인지도 모른다. 진짜 기차는 어딘가 내 손이 결코 닿을 수 없는 위대한 지도 위를 달리고 있는 것이나 아닌지 그렇게 나는 생각해 보았다.

내 곁의 그는 어느새 잠이 깨고 그 진도처럼 생긴 단장을 턱에 짚고 눈을 깜박거리고 있었다. 고쳐 앉은 나를 향해 지금 엇갈려 간 열차는 '히카리'가 분명하다고 말하는 것이었다. 나는 그렇구 말구 하듯 끄덕여 보였다. 그는 만족한 듯 그 '히카리'호의 속력이 어떻게 절륜적(絶倫的)인 것인가에 대해 그 체험을 이야기했다. 그것은 얼마나 드물게밖엔 정차하지 않는가에 의해 증명되는 것이라고 한다.
그리고 그는 슈트케이스에서 사륙반절형 소책자와 담배 케이스를 꺼냈다.
만주 담배라도 들어 있나 했더니, 그것은 만주에서 샀다는 케이스였다. 그때 그의 슈트케이스의 내용이 얼마나 빈약한가를 목격하고 말았다. 그 흔해 빠진 여송연 한 개비를 나에게 권했다.
나는 그것을 피우리라. 이미 이 야행열차 속에 10년 전의 그 커다란 잎 그대로의 칙칙한 연기를 볼 수는 없다.
그들은 먼 조상의 담뱃대를 버리고 우습기 짝이 없는 궐련 피우는 대(竹), 또는 오동 파이프를 입에 물고 있다. 그들 중 누군가는 그 맛의 미흡함과 자신의 어지간히 큰 덩치에 비해 파이프가 너무나 작은 멋쩍음으로 해서 눈에서 주루루 눈물마저 흘리고 있는 것이었다.

구토가 자꾸만 치밀어 목은 좌로 향하고 우로 향했다. 무거운 짐짝 같은 두통이 눈구멍 속에 있었다. 이것은 분명 불결한 공기 탓이리라. 이 불결한 공기로부터 잠시나마 도망치지 않으면 안 되겠다.

첫 번째 방랑

승강구에 섰다. 요란한 음향이다. 철과 철이 맞부딪는 대장간 같은 소리는 고통에 넘쳐 있다. 나는 산소로만 만들어졌다고 할 수밖에 없는 시원한 공기를 마시면서, 이 정수리를 때리는 것만 같은 음향에 익숙하려 했던 것이다. 공기는 냉랭한 채 머리털에 엉겨 붙었다. 이마에 제법 차가운 손이 얹혀지는 것만 같았다. 사람을 초조하게 하는 이 음향에 어서 익숙했으면 좋겠다.

승강구에 멈춰 서 보았다. 몸은 좌 혹은 우였다. 아직 머리는 비슬거리고 있나 보다.

소변을 누어 보는 것도 좋겠다. 달리는 기차 위로부터 떨어지는 소변은 가루눈처럼 산산이 흩어져, 그것은 땅바닥에 가닿지도 못할 것이다.

이때 나의 등 뒤에서 차량과 차량과의 접속해 있는 부분의 복잡

한 기계를 만지작거리는 사람이 있다. 차장일 테지.

그렇다하더라도 익숙한 손짓이다. 나는 소변을 보면서 귀찮은 일은 그만 잊어버리기로 했다.

언제까지나 무엇을 저렇게 만지작거리는 것일까. 고장이 난 것일까. 그런 일이 있어서야 어디 되겠는가. 그렇더라도 너무 시간이 길다. 나는 더 참을 수가 없다. 돌아다보기로 하자. 아니 이거 아무도 없구나.

가느다란 공기 속에서 그전처럼 철과 철이 광명단(光明丹)을 가운데 끼고 맞부딪고 있다. 그리고 슬픈 소리를 내고 있다. 나의 소변은 어이없게 끝나 버렸다. 이제 이 이중(二重) — 이부(二部)로 이루어진 음향에 익숙해져야 한다. 나는 먼 곳을 바라다보기로 했다.

거기엔 경치랄 것이 없다. 모든 것을 삼켜 버린 방대한 살기가 어디까지나 펼쳐져 있다.

저 안개같이 보이는 것은 실은 고열의 증기일 것이 분명하다. 이 무슨 바닥 없는 막대한 어둠일까.

들판도 삼켜졌다. 산도 풀과 나무를 짊어진 채 삼켜져 버렸다. 그리고 공기도, 보아하니 그것은 평면처럼 얄팍한 것 같기도 하다.

그것은 입체가 없기 때문이다. 그것은 이미 헤아릴 수 없는 심원한 거리를 그득히 담고 있다. 그 심원한 거리 속에는 오직 공포가 있을 따름이다.

반짝이지 않는 별처럼 나의 몸은 오무러들면서 깜박거리고 있었다. 이미 이것은 눈물과 같은 희미한 호흡일 수밖에 없다.

그러나—나는 핸들을 꽉 붙잡고 있다. 차가운 것이 흐르고 있다. 나는 그것을 놓을 수는 없다—저 막대한 공포와 횡포의 아주 초입은 역시 조그마한 초원, 그것은 계절의 자잘한 꽃마저 피우고 있는, 목초가 있는 약간의 땅인 것 같다.

실상 일전에 이 열차의 등불 있는 생명에 매달리려고 필사의 아우성을 치면서—그것은 내 마음을 아프게 하기에 충분하다.

저기 멈춰 서자. 메마른 한 그루의 나무가 있으면 그것에 산책자이듯이 기대서자. 거창한 동공이 내 위에 쏟아진다. 나는 그것에 놀라면 안 된다.

아름다운 시를 상기한다. 또는 범할 수 없는 슬픈 시를 상기한다. 그리곤 고개를 수그리면서 외워 본다. 공포의 해소(海嘯)는 얼마쯤 멀어진다. 그러나 아무것도 보이지는 않는다. 내 손에는 어느새 은빛으로 빛나는 단장이 쥐어져 있다. 그것을 가볍게 휘둘러 본다.

그리하여 나는 무엇을 기다리고 있는 것일까. 이윽고 사람들은 오고야 말 것이다. 오오, 아직 이 살벌한 몽몽(濛濛)한 대기는 나를 위협하고 있다.

하현달이다. 굳이 나는 아름답다고 본다. 그것은 몹시 수척한 심각하게 표정적인, 보는 눈에도 가엾게 담배 연기로 혼탁해 있는 달이다. 함성을 지르기엔 아직 이르다. 공포의 심연 속에는 분

노의 호흡이 들린다. 이젠 사람들이 와도 좋을 시기다.

왔다. 일순, 달은 분연(噴煙)을 울리고 자취를 감추었다. 사람들은 철을 운반해온 것이다. 사람들은 묵묵히 다가온다. 다만 철과 철이 알몸인 채 맞부딪고 있다. 나의 귀는 동굴처럼 그러한 음향들을 하나하나 반향한다. 아니, 이건 또 후방으로부터 오나 보다. 그렇다면 난 방향을 잘못 잡고 서 있는 것일까. 이건 반의(叛意)를 품고 있는 것 같다. 이건 단 혼자인 것 같다. 나는 아찔했다. 나는 상아처럼 차갑게 가늘어지면서 뒤를 돌아다보았다. 거기엔 아무도 없다. 나는 끝끝내 대지(垈地)를 분실하고 말았다.

나는 나의 기억을 소중히 하지 않으면 안 된다. 나의 정신에선 이상한 향기가 나기 시작했으니 말이다.

이 뼈만 남은 몸을 적토(赤土) 있는 곳으로 운반하지 않으면 안 되겠다. 나의 투명한 피에 이제 바야흐로 적토색을 물들여야 할 시기가 왔기 때문이다.

적토 언덕 기슭에서 한 마리의 뱀처럼 말라 죽을지도 모르지만, 나는 아름다운—꺾으면 피가 묻는 고애(古代)스러운 꽃을 피울 것이다.

이제 모든 사정이 나를 두렵게 하고 있다. 사람들이 평화롭다는 그것이, 승천하려는 상념 그것이, 그리고 사람들의 치매증 그것마저가.

그러한 온갖 위협을 나는 참고 견디지 않으면 안 된다. 그러한 것들의 침범으로 정신의 입구를 공허하게 해서는 안 된다.

끝없는 어둠에 나의 쇠약한 건강은 견디어 내지 못하는가 보다. 나는 이 먼 데 공포로부터 자진 도피하지 않으면 안 된다.

등불은 어스름하다. 이건 옥체실(屋體室)임에 틀림없다.

공기는 희박하다—아니면 그것은 과중하게 농밀한가. 나의 폐는 이런 공기 속에서 그물처럼 연약하다. 전실(全室)에 한 사람 몫 공기 속에 가사(假死)의 도적이 침입해 있는가 보다.

첫 번째 방랑

이 무슨 불길한 차창일까. 이 실내에 들어서는 즉시 두통을 앓지 않으면 안 되다니.

승강대에 다시 서서 저 어둠 속을 또 바라보았다. 이건 또 별과 달을 삼켜 버리고 있다. 악취로 가득 차 있을 테지.

머리 위 하늘을 찌르는 곳에 한 그루 나무가 보였다. 그것은 거멓게 그을은 수목의 유적일 것이다. 유령보다도 처참하다.

몽몽한 대기가 사라지고 투명한 거리는 가일층 처참하다. 그 위를 거꾸로 선 나의 그림자가 닳아 없어지면서 질질 끌려간다.

8월 하순—이 요란하기 짝이 없는 음향 속에 애매미 소리가 훨씬 선명하다는 건 이상한 일이다. 그들은 저 어둠에 압살되었을 것이다.

따스한 애정이 오한처럼 나를 엄습한다. 또 실로 오전 3시의 냉기는 오한이나 다름없다.

일순 나는 태고를 생각해 본다. 그 무슨 바닥 없는 공포와 살벌에 싸인 저주의 위대한 혼백이었을 것인가. 우리는 더더구나 행복하지 않으면 안 된다. 식어 가는 지구 위에 밤낮 없이 따스하니 서로 껴안지 않으면 안 될 것이다.

역마다 정지한다는 이 열차가, 한 번도 정차하지 않았다. 적어도 나의 기억엔 없다. 나는 그것을 모조리 건망(健忘)하고 있나 보다.

먼동이 트여올 것이다. 이윽고 공포가 끝나는 장엄한 그리고 날쌘 광경에 접하게 될 것이다.

그러나 언제까지나 그것은 어둠의 연속이다. 하지만 이미 이젠 저 해룡의 혀 같은 몽몽한 대기는 완전한 가시었다. 나는 하늘을 쳐다보았다.

시원한 공기가 폐부에 흐르고, 별들이 운행하는 소리가 체내에 상쾌하다.

어느 틈엔가 별의 보슬비다. 그리고 수줍어하듯 하늘은 엷은 은빛으로 빛나기 시작했다. 별은 한층 더 기쁜 듯이 반짝인다.

수목이 시원스러운 녹색을 보이는 시간은 언제쯤일까. 나무들은 움직이는 것처럼 보이기도 한다.

아주 딴 방향으로부터 저 하현달이 다시금 모습을 나타냈다. 하지만 그 방향이 다른 것으로 보아 그것은 다른 것임에 틀림없다.

그것은 약간 따스함조차 띠고 있다. 그리고 스스로의 사치로 해서 참을 수 없이 빛나고 있다. 참을 수 없는 아름다움이다.

나에게 표정을 강요하는 것 같기도 하다. 나는 어떤 표정을 짓지 않으면 아니 된다. 나는 기꺼이 표정을 선택할 것이다.

이런 때, 내가 해야 할 표정은 어떤 것이 제일 좋을까? 어떤 것이 제일 달의 자랑에 알맞은 것이 될까?

나는 잠시 망설인다.

산촌

돼지우리다. 사람이 다가서면 꿀꿀거린다. 나직한 초가지붕마다 호박덩굴이 덮이고, 탐스런 호박이 매달려 있다. 그리고 모양은 노랗고 못생겼으며, 자꾸만 꿀벌을 불러 대고 있다. 자연의 센슈얼한 부면(部面)……

우리 속은 지독한 악취다. 허나 이것이 풀의 훈기와 마찬가지로 또한 요란하고 자극적이다.

돼지, 귀여운 새끼 돼지, 즐거운 오예(汚穢) 속에 흐느적거리고 있는 돼지, 새끼 돼지 — 수뢰(水雷) 모양을 하고 있는 꿀돼지다.

바람이 불었다. 비는 이젠 저 철골 망루가 있는 산등성이를 넘어서 또 다른 산촌으로 가버렸나 보다.

남쪽은 모로 길게 가닥가닥이 푸르고, 자줏빛 구름은 어쩌면 오렌지 빛 안쪽을 유혹이나 하듯 뒤집어 보이곤 한다.

야트막한 언덕 가득히 콩밭 — 그것은 그대로 푸른 하늘에 잇닿아 있다. 그것은 그리므로 끝이 없이 넓어 보이는 것이었다.

그리고 산 쪽으로는 수수밭, 들판 쪽으로는 벼밭과 지경(地境)을 이루고 있다.

또 바람이 불었다. 개구리가 뛰었다. 조그만 개구리다. 잔물결이 개구리밥 사이에 잠시 보였다.

벼밭에서 벼밭으로 아래로 아래로 맑은 물은 흐르고 있는 것이다. 논두렁을 잘라 물길을 낸 곳에 샴페인을 터뜨리는 그런 물소리가 끊일 새 없다.

피가, 지칠 줄 모르는 피가 이렇게 내뿜고 있는 대자연은 천고에도 결코 늙어 보이는 법이 없다.

또 바람이 불었다. 좀 비를 머금은 바람이다, 수수 옥수수 잎 스치는 소리가 소조롭다. 그리고 정겨웁다. 어쩌면 치마끈 끄르는 소리와도 같이.

농가다. 개가 짖는다. 새하얀 인간의 얼굴보다도, 오히려 가축답지 않은 생김새다. 아래 온천 마을에선 개는 어떤 사람을 보아도 짖지를 않는다. 여기선 조심스레 겸손하는 태도마저 보이면서, 한층 더 슬픈 소리로 짖어 댔다.

산에 산울림하여 인간의 호흡을 전달하는 것이었다.

밤나무와 바위와 약간 가파른 낭떠러지에 둘러싸여 온돌처럼 따스해 보이는 농가 두셋, 문어귀의 소로까지 양쪽 댑싸리 옥수수 울타리가 어렴풋하게 구부러지면서 지나갔다. 그래서 문어귀를 곧바로 내다볼 수가 없다. 마당에는 공만한 백일초가 새빨갛게 타오르고 있다.

 울타리 사이로 개가 이쪽을 겁난 눈으로 엿보고 있다. 그리고 마당. 말끔히 쓸어 놓은 마당과 소로엔 수수며 조 같은 곡식이 떨어져 있음직도 하다.

 뒷마루 끝에선 노파가 손주딸 머리의 이를 잡고 있다. 원후류(猿猴類)가 하듯이—둘이 다 상반신은 알몸이다.
 그리고 어두컴컴한 부엌 속에 이 또한 상반신은 알몸인 젊은 며느리가 서서 일하고 있다. 초콜릿 빛 피부 건강한 육체다.
 집 뒤꼍에는 옥수수가, 이것만은 들쭉날쭉으로 서 있다. 커다란 이삭을 몇 개 달고는 가을풀들 사이에 유난히 키가 크다.
 바위에는 칡넝쿨이 붉다. 그리고 그것은 바위에 낀 무슨 광물이기나 한 것처럼 찰싹 바위에 달라붙어 있다. 그리고 검은 바위를 배경삼아 한층 더 붉다.
 어린아이 둘이 검붉은 머리카락을 바람에 나부끼면서 마당 안에서 놀고 있는 것인지 노는 걸 그만두고 있는 것인지, 둘이 다 멍하니 서 있다.

첫번째 방랑

 매일같이 가뭄이 계속되어, 땅바닥은 입덧 난 것처럼 균열이 생기고, 암석은 맹수처럼 거칠게 숨쉬었다.
 농부는 짙푸르게 개어 오른 초가을 허공을 쳐다보았다. 한 점 구름조차 없다.

삶을 지닌 모든 것은 피를 말려 쓰러질 것이다. 이제 바야흐로.

아카시아 이파리엔 흰 티끌이 덧쌓이고, 시냇물은 정맥처럼 가늘게 부어올라 거무죽죽하다.

뱀은 어디에도 그 꼴을 보이지 않는다. 옥수수 키 큰 풀숲 속에 닭을 작게 축소한 것 같은 산새가 꼭 한 마리 내려앉았다. 천벌인 양.

그리고 빈민처럼 야위어 말라빠진 조밭이 끝없이 잇달아, 수세미처럼 말라 죽은 이삭을 을씨년스럽게 드리우곤 바람에 울부짖고 있었다.

그러는 사이에도 잠실 누에도 걸신들린 것처럼 뽕을 먹어 치웠다.

아가씨들은 조밭을 짓밟았다. 어차피 인간은 굶어 죽지 않으면 안 되는 것이라면, 지푸라기보다도 빈약한 조밭을 짓밟고 그리곤 뽕을 훔치라고.

야음을 타서 마을 아가씨들은 무서움도 잊고, 승냥이보다도 사납게 조밭과 콩밭을 짓밟았다. 그리고는 밭 저쪽 단 한 그루의 뽕나무를 물고 늘어졌다.

그래도 누에는 눈 깜박할 새에 뽕잎을 먹어 치웠다. 그리곤 아이들보다도 살찌면서 커갔다. 넘칠 것만 같은 건강. 풍성한 안심(安心)이라고도 할 만한 것은 거기에밖엔 없었다. 처녀들은 죽음보다도 누에를 사랑했다.

그리곤 낮 동안은 높은 나뭇가지 위로 기어올라갔다. 부끄러움을 무릅쓰고, 그 하얀 세피아 빛 과일을 해는 태워 버릴 것만 같이 쬐고 있었다.

어디에도 행복은 없다. 천사는 소년군(少年軍)처럼 도시로 모여들고 만 것이다.

풍우에 쓰러진 비석 같은 마을이여. 태고의 구비(口碑)를 살고 있는 촌사람들. 거기엔 발명은 절대로 없다.

지난해처럼 옥수수는 푸짐하게 익어, 더욱더 숱한 주홍빛 수염을 바람에 나부끼고는, 초가을 고추잠자리 날으는 하늘에 잎 쓸리는 흥겨운 소리를 울렸다.

그리고 옥수수 수수깡을 둘러친 울타리엔, 황금빛 탐스런 호박이 어떤 축구공보다도 크고 묵직하다.

산기슭 도수장(屠獸場)은 오래도록 휴업중이다. 그리고 아이들은 고무신을 벗어 들고는, 송사리보다 조금 더 큰 붕어를 잡는다.

개들은 가족들이 보는 앞에서 마구 야위어 갔다. 그리고 시집을 앞둔 많은 처녀들이 노파와 같은 얼굴로 되어 갔다.

줄기는 힘없이 부러지기만 했고, 조 이삭의 큰 것은 자살처럼 제 체중 때문에 모가지를 접질리곤 했다.

마른 뱅어같이 딱딱하고 가느다란 콩넝쿨은 길 잃은 자라처럼 땅바닥을 기고 있다. 그리고는 생식기 같은 콩 두서너 개를 매달고 있다. 버들잎이 담겨 있는 시냇물까지 젊은 두 아낙네가 물동이를 이고 물 길러 왔다.

그리하여 피〔血〕는 이어져 있다. 메마른 공기 속 깊숙이.

나는 물을 마셨다. 시원한 밤이 오장으로 흘러들었다.

귀뚜리 소리는 한층 야단스레 한결 선연해진 것 같다. 달 없는 천근(千斤)의 마당 안에.

홀로 이 귀뚜리는 속세의 시끄러움에서 빠져나와, 이 인외경(人外境)에 울적하게 철학하면서 야위도록 애태움은 어찌 된 까닭일까? 이 귀뚜리는 지독한 염세가인지도 모른다. 램프의 위치는 어쩌면 그 화려한 자살 장소로서 선정된 것이나 아닐지.

그의 저 등피 밖에서 흥분과 주저는 어떠했던가.

귀뚜리의 자살. 여기에 일가권속을 떠나, 붕우(朋友)를 떠나, 세상의 한없는 따분함과 권태로 해서 먼 낯설은 땅으로 흘러온 고독한 나그네의 모습을 보지 않는가. 나의 공상은 자살하려고 하는 귀뚜리를 향해 위안의 말을 늘어놓는다.

귀뚜리여, 영원히 침묵할 것인가. 귀뚜리여, 너는 어쩌면 방울벌레인지도 모른다. 네가 방울벌레라 해도 너는 침묵할 것이다.

죽어선 안 된다. 서울로 돌아가라. 서울은 시방 가을이 아니냐. 그리고 모든 애매미들이 한껏 아름다운 목청을 뽑아 노래하는 계절이 아니냐.

서울에선 아무도 너를 기다리고 있지 않다 그 말인가. 그래도 좋다. 어쨌든 너는 서울로 돌아가라. 그리고 노력해 보게나. 그리하여 전과는 다른 의미에서의 삶의 새로운 의의와 광명을 발견하게나, 고안해 보게나.

하지만 나의 이 같은 우습지도 않은 혼잣말은 귀뚜리의 귀에는 가닿지 않은가 보다. 어쩌면 귀뚜리는 내심 나를 몹시 조소하면서도, 외관만은 모르는 척하고 꿀 먹은 벙어리로 있는 것이나 아닐지. 나는 적이 불안하다.

나는 이 지방에 와서 아무와도 친하지 않는다. 그들은 모두 나를 질색하는 것만 같았기 때문이다. 하지만 일주일도 안 되어 슬금슬금 그들은 두어 마디 서너 마디 나한테 말을 걸어 오는 수도 있게 됐다. 그것이 나로선 참을 수 없이 무섭다.

그들은 도대체 나한테서 무엇을 탐지하려는 것일까? 내 악의 충동에 대해 똑똑히 알고 싶은 것이리라. 나는 위구(危懼)를 느껴 마지 않는다. 나는 그들의 누구를 보고도 싱글벙글했다. 무턱대고 싱글벙글함으로써 나의 그러한 위구감을 얼버무리는 수밖엔 없었다.

아침부터 밤까지 남을 보면 나는 그저 싱글벙글했다. 그들의 어떤 자는 괴상하다는 표정조차 했다. 하지만 나는 그런 것에 상관하지 않았다.

하지만 이제 나는 귀뚜리를 향해 어찌 싱글벙글할 수 있겠는가? 너의 혜안은 나의 위에 별처럼 빛난다.

다시금 귀뚜리는 아무것도 아직 써넣지 않은 나의 원고용지 위에 앉았다. 그리곤 나의 운명을 점쳐 주기라도 할 그런 자세이다. 이번은 몹시도 생각에 골똘한 것 같다. 그리고 나의 이 펜촉이 달리는 소리를 열심히 도청하고 있는 것만 같다.

귀뚜리여, 이 사각거리는 소리를 듣기만 해도, 너는 능히 나의 이 모자란 글을 읽어 내릴 수 있을 것이다. 정녕 선지자 같은 정돈된 그 이지적인 모습을 보면, 나는 그렇게 생각되니 말이다. 그러나 어떠냐, 나는 이렇게 많은 거짓말을 하고 있다. 얄미운 놈이라고 생각하느냐, 요사한 놈이라고 생각하느냐.

하지만 너만은 알 것이다. 보다 속 깊이 싹트고 있는 나의 악에 대한 충동을, 그리고 염치도 없는 나의 욕망을, 그리고 대해(大海) 같은 나의 절망까지도. 그리고 너만이 나를 용서할 것이다. 나를 순순히 받아들여 줄 것이다.

그러나 귀뚜리는 다시 흰 벽으로 옮아 앉았다. 그것이 내가 필설로써 호소할 수가 전혀 없는 수많은 악과 고통마저 알고 있다는 꼭 그런 얼굴인 것이다. 나는 나의 무능함이 폭로되는 것을 생생하게 보았던 것이다. 나는 더욱 깊이 절망할 수밖에 없다.

산책의 가을

　여인 유리장 속에 가만히 넣어 둔 간쓰메, 밀크, 그렇지 구멍을 뚫지 않으면 밀크는 안 나온다. 단홍백 혹은 녹(綠), 이렇게 색색이 칠로 발라 놓은 레테르의 아름다움의 외에, 그리고 의외에도 묵직한 포옹의 즐거움밖에는 없는 법이니 여기 가을과 공허가 있다.

　비 오는 백화점에 적(寂)! 사람이 없고 백화(百貨)가 내 그림자나 조용히 보존하고 있는 거리에 여인은 희붉은 종아리를 걷어 추켜 연분홍 스커트 밑에 야트막이 묵직히 흔들리는 곡선! 라디오는 점원 대표 서럽게 애수를 높이 노래하는 가을 스미는 거리에 세상 것 다 버려도 좋으니 단 하나 가지가지 과일보다 훨씬 맛남직한 도색(桃色) 종아리 고것만은 참 내놓기가 아깝구나.

원도 안의 석고(石膏) — 무사는 수염이 없고 비너스는 분 안 바른 살갗이 찾을 길 없고 그리고 그 장황한 자세에 단념이 없는 원도 안의 석고다.

소다의 맛은 가을이 섞여서 정맥주사처럼 차고 유니폼 소녀들 허리에 번쩍번쩍하는 깨끗한 밴드, 물방울 낙수지는 유니폼에 벌거벗은 팔목 피부는 포장지보다 정한 포장지고 그리고 유니폼은 피부보다 정한 피부다. 백화점 새 물건 포장—밴드를 끄나풀처럼 꾀어 들고 바쁘게 걸어오는 상자 속에는 물건보다도 훨씬훨씬 호기심이 더 들었으리라.

여름은 갔는데 검둥 사진은 왜 허물을 안 벗나. 잘된 사진의 간줄간줄한 소녀 마음이 창백한 월광 아래서 감광지에 분 바르는 생각 많은 초저녁.

과일가게는 문이 닫혔다. 유리창 안쪽에 과일 호흡이 어려서는 살짝 향훈(香薰)에 복숭아—비밀도 가렸으니 이제는 아무도 과일 사러 오지는 않으리라. 과일은 마음껏 굴려 보아도 좋고 덜 익은 수박 같은 주인 머리에 부딪쳐 보아도 좋건만 과일은 연연(然然)! 복숭아의 향훈에, 복숭아의 향훈에 복숭아에 바나나에······.

인쇄소 속은 죄 좌(左)다. 직공들 얼굴은 모두 거울 속에 있었다. 밥 먹을 때도 일일이 왼손이다. 아마 또 내 눈이 왼손잡이였는지 모르지만 나는 쉽사리 왼손으로 직공과 악수하였다. 나는 교묘하게 좌(左)된 지식으로 직공과 회화하였다. 그들 휴게와 대좌하여—그런데 웬일인지 그들의 서술은 우(右)다. 나는 이 방대한 좌와 우의 교차에서 속 거북하게 졸도할 것 같길래 그냥 문 밖으로 뛰어나갔더니 과연 한 발자국 지났을 적에 직공은 일제히 우로 돌아갔다. 그들이 한인(閑人)과 대화하는 것은 꼭 직장 밖에 있는 조건인 것을 알 수 있었다.

청계천 헤벌어진 수채 속으로 비행기에서 광고 삐라, 향국(鄕國)의 동해(童孩)[1]는 거진 삐라같이 삐라를 주우려고 떼지었다 헤어졌다 지저분하게 흩날린다. 마꾸닝[2] 회충 구제 그러나 한 동해도 그것을 읽을 줄 모른다. 향국의 동해는 죄다 회충이다. 그래서 겨우 수챗구멍에서 노느라고 배 아픈 것을 잊어버린다. 동해의 양친은 쓰레기라서 너희 동해를 내다버렸는지는 모르지만 빼빼 마른 송사리처럼 통제 없이 왱왱거리며 잘도 논다.

롤러 스케이트 장의 요란한 풍경, 라디오 효과처럼 이것은 또 계절의 웬 계절 위조일까. 월색이 푸르니 그것은 흡사 교외의 음

1) 어린아이.
2) 회충약 상표.

향! 그런데 롤러 스케이트 장은 겨울—이 땀 흘리는 겨울 앞에 서서 찌꺼기 여름은 소름끼치며 땀 흘린다. 어떻게 저렇게 겨울인 체 잘도 하는 복사 빙판 위에 너희 인간들도 결국 알고 보면 인간모형인지 누구 아느냐.

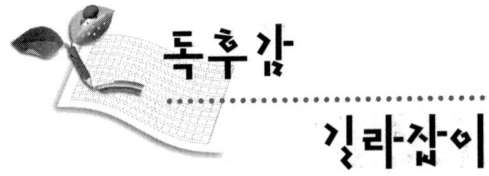

독후감 길라잡이

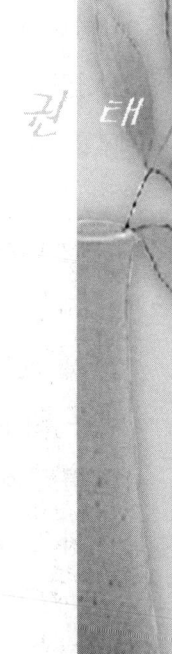

권태

1 내용 훑어보기

권태

'나'는 팔봉산 근처의 벽촌에서 지내고 있습니다. '나'는 초록색의 자연을 사랑하나, 그조차도 아무 짓도 할 수 없는 것에 불만을 느낍니다. 날마다 보는 마을, 사람, 동물들에게서도 지루함을 느낍니다. 그러나 할 일이 없습니다. 장기 두는 일도 시들하고, 권태를 인식하는 신경마저 버리고 완전히 허탈해져 버리고 싶습니다.

'나'가 있는 마을에는 아무도 오지 않고, 신문조차도 배달되지 않습니다. 아무것도 할 수 없는 '나'의 눈에는 낮닭 우는 소리나 개들이 하는 짓, 소들이 반추하는 것 모두 권태롭게 보일 뿐입니다. 몇 가지 안 남은 기억을 소처럼 반추하면서 끝없이 반복되는 내일을 기다릴 뿐입니다.

산촌여정

'나'는 팔봉산 근처의 벽촌에서 지내고 있습니다. 그곳은 맛있는 음식도 먹을 수 없고, 신문도 잘 안 오고 체전부(遞傳夫)는 이따금 '하도롱' 빛 소식을 가져오는 곳입니다. '나'는 도회에서 사는 일가 때문에 걱정을 합니다.

'나'는 팔봉산에서 사는 동물들, 시골의 공기, 별 등에 대한 느낌을 쓰고, 등잔불을 켜고 생활하는 자신의 모습, 시를 쓰는 마음을 묘사합니다. 그리고 가을을 맞이하여 사는 형편이랑, 죽어버리고 싶은 심정이랑, 글쓰는 마음이랑 그런 것에 대하여도 이야기합니다. 그러면서도 팔봉산에 있는 어떤 이들의 공적비를 비웃기도 하는 등 비판적인 지식인의 모습도 보여주고 있습니다.

이 글은 아픔 속에서도 자연과 더불어 유유자적하는 '나'의 주변과 마음의 묘사가 뛰어난 작품입니다.

슬픈 이야기

'어떤 두 주일 동안'이라는 부제처럼 두 주일을 가정하고 그 동안에 일어나는 일을 쓴 것입니다.

'나'는 그 전에 가봤던 어떤 곳에 가 있습니다. 그곳에서 옛날을 회상하고, 저물어가는 인근의 풍정을 묘사하고 있는데, 특히 하늘에 떠 있는 별들이 물속에 비쳐 그들이 마치 회의라도 하는 것처럼 느끼고 있습니다.

그러나 '나'는 건강이 좋지 않습니다. 자신의 신체 각 부분들이 모체(母體)가 죽어가고 있는 것을 안타까워하고 두려워하고 있는 것처럼 묘사한 부분에서 잘 드러납니다.

'나'는 어렸을 때 집안 환경에 대해서도 상세히 쓰고 있습니다. 그의 부모는 얼굴이 얽고 가난했으며, '나'는 그들을 부끄러워하고 미워하기도 했음을 인정하나, 지금도 그들을 위하여 아무것도 할 수 없음을 한탄합니다.

'나'는 자신이 외롭고 무능하고 비참한 현실에 처해 있음을 압니다. 무심코 '나'는 옆에 여인이 있다고 상상하고, 그 여인과 '어떤 두 주일 동안' 같이 지내는 것을 상상합니다.

실낙원

'나'는 '소녀'라는 자신이 만든 작품의 주인공에 대하여 세간에서 이런저런 평을 하는 것에 불쾌함을 느끼고 있습니다. 또한 '한 다리를 절름거리는 여인'도 마찬가지입니다. '나'는 그런 상황으로부터 벗어나고 싶지만, 그럴 수도 없습니다.

'나'는 자신이 처한 환경이나 이 지구에 행복은 없고, 불행만이 가득 찼다고 비관하고 있습니다.

에피그램

작가는 이 짧은 이야기 속에서 무엇인가를 풍자하려 한 것 같습니다. 이 작품에 나오는 두 사람은 친구지만, 아마도 한 여자를 두고 경쟁하는 사람들인 듯합니다. '나'는 공부를 더 하려고 여비를 꾸어 달라고 했는데, 친구는 자기가 이미 육체 관계까지 맺은 '임이'와 결혼하면 돈을 주겠다고 합니다. '나'는 이를 거절하는데, 친구는 임이에게 첫 남자가 또 있었음을 암시합니다.

약수

'나'는 병들어 돌아가시게 되었던 큰아버지가 마지막으로 자신에게 떠오라고 시켜서 떠온 약수를 마시고 별 효과 없이 돌아가셨던 기억이 너무나 생생합니다. 그 약수는 별로 약효가 없는 것이었음에도 불구하고 큰아버지는 많이 마시고 돌아가셨는데, 가족들은 오히려 그 약수를 원망하였던 것 같습니다.

'나'는 약수보다는 약주를 좋아하고, 그 약주 때문에 일어났던 여러 가지 에피소드에 대하여 회상하고 있습니다.

병상 이후

주인공은 병자입니다. 의사는 병자 앞에서는 심각하고 진지해 보이나 옆방으로 가서는 박장대소를 하고 병자에 대해 근심하지 않습니다. 그런 의사에 대하여 병자는 그의 능력이나 인격에 대하여 의심하고 있습니다.

홀로 있는 주인공에게는 제때에 약을 먹으라고 권유하는 사람 하나 없습니다. 그는 점점 깊이 병마에 빠져들고, 만사에 비관적이 됩니다. 그런 속에서도 그의 의식은 또렷하고, 과거의 일에 대하여 회상합니다. 그가 병마로 쓰러지기 전에는 아무것도 아니었던 친구의 편지도 병마와 싸워 나가는 지금에 와서는 새로운 가치가 있어 보입니다. 그는 병이 나으면 좋은 작품을 쓸 수 있다는 희망도 가지고 있습니다.

2. 작품 분석하기

권태
- 주제 : 반복되는 일상 속에서의 권태로움
- 시점 : 1인칭 주관적 서술
- 시간적 배경 : 1930년대의 어느 여름
- 공간적 배경 : 팔봉산 근처의 시골 마을

산촌여정
- 주제 : 도시적 감수성으로 바라본 시골의 자연 현상
- 시점 : 1인칭 주관적 서술
- 시간적 배경 : 1930년대의 어느 여름
- 공간적 배경 : 팔봉산 근처의 벽촌

슬픈 이야기
- 주제 : 생의 마지막을 기다리는 병자의 슬픈 심리
- 시점 : 1인칭이나 심리 묘사에는 제3자처럼 기술
- 시간적 배경 : 1930년대 후반
- 공간적 배경 : 서울 근교

실낙원
- 주제 : 모든 아름다움과 희망이 사라지는 현실

- 시점 : 1인칭 주관적 서술
- 시간적 배경 : 1930년대 후반
- 공간적 배경 : 서울

에피그램

- 주제 : 한 여자를 놓고 벌어지는 두 남자의 갈등
- 시점 : 1인칭 대화체 서술
- 시간적 배경 : 1930년대 후반
- 공간적 배경 : 어느 도시

약수

- 주제 : 약수보다 약주를 마시는 즐거움
- 시점 : 1인칭 주관적 서술
- 시간적 배경 : 1930년대
- 공간적 배경 : 서울

병상 이후

- 주제 : 병상에서의 여러 가지 단상
- 시점 : 3인칭 객관적 서술
- 시간적 배경 : 1930년대 후반
- 공간적 배경 : 어느 도시

3 등장인물 알기

권태

　　나　　팔봉산 근처의 벽촌에 임시로 와서 지내고 있음. 하는 일이 없으며, 모든 사물에 대하여 권태로움을 느끼고 있음.
　　최 서방의 조카　　낮잠을 잘 자고, 주인공과 장기를 두지만 매번 지고 맘.

산촌여정

　　나　　팔봉산 근처에서 생활하고 있음. 다른 사회와 단절된 벽촌에 있으나 아름다운 자연을 통해 많은 것을 느낌.
　　정형　　주인공의 친구로서 이 편지를 받을 사람임. 도시에서 살고 있을 것으로 추정됨.

슬픈 이야기

　　나　　옛날에 갔었던 어느 유원지에 가서 주변의 풍경을 돌아보고 과거를 회상함. 병이 들었으며, 신체의 각 부분이 모체가 죽는 걸 안타까워한다고 느낌.
　　아버지, 어머니　　얼굴이 얽고, 착하고, 장애인이고, 지독하게 가난함.
　　여인　　상상 속의 여자. 이 여자와 함께 마지막 두 주일 동안 여행을 하면서 보낼 계획을 세움.

실낙원

나 가난한 소설가. 자기가 창조해 내는 주인공들에 대한 외부의 비판이 거슬림.

소녀 주인공이 창조한 작품 속의 인물로 주인공의 처라는 오해를 받음.

에피그램

나 친구에게 공부하러 갈 여비를 빌리려 하나, 친구는 자기가 취한 여인과 결혼하고 같이 떠나면 돈을 주겠다고 함.

친구 주인공이 여비를 꾸어 달라고 하자, 자기가 취한 여인과 결혼하고 데리고 간다면 돈을 주겠다고 함.

임이 첫사랑의 남자가 있었으며, 주인공의 친구와 육체 관계를 가졌음.

약수

나 약수보다는 약주를 좋아하며, 그 약주 때문에 많은 에피소드를 가지고 있음. 백부가 죽기 전에 약수를 떠다 달래서 갖다 주곤 했음.

백부 병이 들어 여러 가지 치료를 받았으나 아무 소용이 없어서 약수를 마셨음. 그러나 결국 죽음.

아내 주인공에게서 떠남.

병상 이후

　　나　　병마와 싸우고 있으며, 의사에게 분노를 느끼고 있음. 언젠가 병이 다 나으면, 좋은 작품을 쓸 구상도 하고 있음.
　　의사　　병자 앞에서는 진지한 척하나, 경솔하며 신뢰할 만한 인품을 지니지 못했음.

❹ 작가 들여다보기

　이상은 시인이자 소설가로 본명은 김해경(金海卿)입니다. 아버지 김연창과 어머니 박세창 사이에서 2남 1녀 중 장남으로 서울에서 태어났습니다. 세 살 때부터 큰아버지의 양자가 되어 큰집에서 살았는데, 권위적인 큰아버지와 무능력한 친부모 사이에서 심리적 갈등이 심했습니다. 이런 체험이 그의 문학에 나타나는 불안의식의 뿌리를 이루게 됩니다.
　보성고등보통학교를 거쳐 경성고등공업학교 건축과를 나온 후 총독부의 건축과 기수가 되었습니다. 1930년 〈조선〉에 소설 〈12월 12일〉을 발표하며 등단했습니다. 1932년 〈조선과 건축〉에 시 〈건축무한육면각체〉를 발표하면서 처음으로 '이상(李箱)'이라는 필명을 사용했습니다. 이상이라는 이름을 쓰게 된 것은 공사장 인부들이 그의 이름을 잘 모르고 '리상(이씨)'이라고 부르니까 그대로 '이상'이라고 했다는 설, 학교 때의 별명이라는 설이 있습니다.

 1933년 3월 객혈로 건축과 기수직을 사임하고 백천 온천에 들어가 요양했습니다. 이때부터 폐병에서 오는 절망을 이기기 위해 본격적으로 문학을 시작했습니다.

 이곳 휴양지에서 기생 금홍을 알게 되고 금홍과 함께 서울로 돌아와 백부가 물려 준 통인동 집을 처분해서 '제비'라는 다방을 차렸습니다. 이 무렵부터 격심한 고독과 절망, 그리고 자의식에 침전돼 수염과 머리를 깎지 않은 채 거리를 활보하기도 하고, 온종일 어둠침침한 방에 처박혀 술만 마시기도 했습니다.

 1934년 〈오감도〉를 〈조선중앙일보〉에 연재했으나 독자들의 빗발치는 항의로 중단했습니다. 잇단 사업의 실패와 병고로 말미암아 그는 이미 정신적 황폐를 겪고 있었고, 몸도 극도로 쇠약해졌습니다. 동생 김운경의 청소부 봉급으로 생활을 지탱해 갔으며 셋방을 전전하다 방세를 못내 거리로 쫓겨나기도 했습니다.

 1936년 〈조광〉에 단편소설 〈날개〉를 발표함으로써 시에서 시도했던 자의식을 소설로 승화시켰습니다. 〈날개〉는 첫사랑 금홍과 2년여에 걸친 무궤도한 생활에서 얻어진 작품으로 그 자신의 자화상이라고도 할 수 있는 '박제된 천재'의 번득임이 드러나 있습니다. 〈날개〉를 발표할 무렵 같이 폐병을 앓고 있던 작가 김유정과 함께 자살을 기도한 적도 있었습니다.

 1936년 여름 단짝친구인 화가 구본웅의 여동생과 돈암동 홍천사에서 결혼했으나 생활은 비참했고 몸은 극도로 쇠약해져 갔습니다. 이 해에 〈동해(童骸)〉, 〈봉별기(逢別記)〉 등을 발표하고 폐결핵과 싸우다가 갱생(更生)할 뜻으로 도쿄행을 결행합니다. 4개월 뒤에 도쿄 거리를 굶주림과 병마에 시달리며 배회하다 '불령선인'이라는 이유로 일경에 체포되었으나, 병보석으로 풀려났고 자기 삶의 결산과도 같은 〈종생기〉를 남겼습니다.

1937년 4월 17일 도쿄대학 부속병원에서 병사했습니다.

주요 작품으로는 소설 〈날개〉, 〈지주회시〉, 〈환시기(幻視記)〉, 〈실화(失花)〉 등이 있고, 시로는 〈이런 시(詩)〉, 〈거울〉, 〈지비(紙碑)〉, 〈정식(正式)〉, 〈명경(明鏡)〉, 수필로는 〈산촌여정〉, 〈조춘점묘〉, 〈권태〉 등이 있습니다.

1910년(1세) 9월 23일(음력 8월 20일) 서울 종로구 사직동에서 아버지 김영창과 어머니 박세창의 장남으로 태어남. 본명은 김해경.

1912년(3세) 아들이 없던 백부 김연필의 양자가 되어 24세가 될 때까지 큰댁에서 지냄.

1917년(8세) 4월에 신명학교 제1학년에 입학. 이 때부터 그림에 소질을 보임.

1921년(12세) 3월에 신명학교 4년 졸업. 백부의 교육열에 힘입어 그 해 4월에 동광학교에 입학.

1924년(15세) 동광학교가 보성고등보통학교로 병합, 동교 4학년에 편입. 이 해에 교내 미술전람회에서 유화 〈풍경〉으로 입상.

1926년(17세) 3월 5일에 보성고등보통학교 5학년 졸업. 그 해 4월 동숭동에 있는 경성고등공업학교 건축과 1학년에 입학. 회람지 〈난파선〉의 편집을 주도하고 여기에 삽화와 시를 발표함.

1929년(20세) 3월에 경성고등공업학교 3학년 졸업. 총독부 내무국 건축과 기수로 근무하다 11월에 관방회계과 영선계로 전직. 〈조선과 건축〉 표지도안 현상공모에서 1등과 3등으로 당선.

1930년(21세) 〈조선〉에 소설 〈12월 12일〉을 발표하며 등단함.

1931년(22세) 7월에 〈이상한 가역반응〉, 〈파편의 경치〉, 〈BOITEUX · BOITEUSE〉, 〈공복〉을 발표함. 8월에 일문시 〈오감도〉, 〈3차각설계도〉를 발표함. 서양화 〈자화상〉을 선전(鮮展)에 출품하여 입선함. 이 해에 백부가 죽음.

1932년(23세) 비구(比久)란 익명으로 시 〈지도의 암실〉을 〈조선〉에 발표. 7월 이상(李箱)이란 필명으로 시 〈건축무한 육면각체〉를 발표.

1933년(24세) 3월에 심한 각혈로 총독부 기수직을 그만둠. 백부의 유산인 통인동 집을 정리하여 효자동에 집을 얻고 21년 만에 친부모 형제들과 같이 살게 됨. 요양차 간 백천 온천에서 기생 금홍을 알게 됨. 7월에 서울 종로1가에 다방 '제비'를 개업하고 금홍과 동거생활 시작. 7월부터 한글로 시를 발표함. 〈이런 시〉, 〈1933. 6. 1〉을 〈카톨릭 청년〉에 발표함.

1934년(25세)   구인회에 입회. 본격적인 문학 활동 시작. 〈매일신보〉에 시 〈보통기념〉을 발표. 시 〈오감도〉를 〈조선중앙일보〉에 연재하자 독자들의 항의가 빗발쳐 연재 10회 만에 중단됨. 신문소설 《소설가 구보씨의 일일》에 하융(河戎)이라는 화명(畵名)으로 삽화를 그림. 시 〈소영위제〉를 〈중앙〉에 발표.

1935년(26세)   시 〈지비(紙婢)〉(〈카톨릭 청년〉), 〈정식〉(〈조선중앙일보〉), 수필 〈산촌여정〉(〈매일신보〉) 발표. 9월에 경영난으로 다방 '제비'를 폐업하고 금홍과 헤어짐. 인사동에 있는 카페 '쓰루'를 인수해 경영했으나 얼마 안 가 실패, 다방 '식스나인'을 설계하나 양도하고, 다방 '무기'를 설계하여 양도. 계속된 경영 실패로 그의 가족은 신당동 빈민촌으로 이사. 성천, 인천 등지로 여행.

1936년(27세)   3월에 창문사에서 구인회 동인지 〈시와 소설〉을 편집 1집만 내고 창문사를 나옴. 시 〈지비—어디갔는지모르는아내〉(〈중앙〉), 〈역단〉(〈카톨릭 청년〉) 발표. 수필 〈서망율도〉(〈조광〉), 〈조춘점묘〉(〈매일신보〉), 〈여상〉(〈여성〉), 〈약수〉(〈중앙〉), 〈에피그램〉(〈여성〉) 등을 발표. 소설 〈지주회시〉(〈중앙〉), 〈날개〉(〈조광〉) 등을 발표. 변동림과 결혼. 새로운 재기를 위하여 일본 도쿄로 떠남.

그곳에서 소설 〈공포의 기록〉, 〈종생기〉, 〈환시기〉, 수필 〈권태〉, 〈슬픈 이야기〉 등을 씀. 시 〈위독〉(〈조선일보〉), 수필 〈행복〉(〈여성〉), 〈추등잡필〉(〈매일신보〉) 등 발표. 소설 〈봉별기〉(〈여성〉)와 〈동해〉(〈조광〉), 동화 〈황소와 도깨비〉(〈매일신보〉)를 발표.

1937년(28세) 2월에 불령선인이라는 이유로 일본 경찰에 체포됨. 3월에 건강이 악화되어 보석으로 출감. 4월 17일 새벽 4시, 도쿄제국대학 부속병원에서 객사. 향년 만 26년 7개월. 그 전날(16일) 부모와 조모 사망. 아내 변동림에 의해 유해는 화장되어 환국, 미아리 공동묘지에 안장되었다가 후일 유실됨.

5 시대와 연관짓기

신문학 시대를 지난 1920년대의 문단은 카프계열의 문학운동이 휩쓸었으나, 일제의 검열과 사상 탄압으로 점차 그 세력이 약화되었습니다. 그간 카프계열의 문학이 나타냈던 선전과 선동 위주의 전투적인 작품과 도식적이고 이념 지향적인 경향에 대한 반발을 느껴왔던 사람들은 1930년대를 만나 새로운 방향의 작품을 쓰기 시작합니다. 이것이 바로 순수문학이라는 이름이 붙은 작품들입니다. 이 시대의 시단에서 박용철, 김영랑, 정지용 등이 중심이

된 시문학파의 등장이 괄목할 만한 현상인데, 이 시인들은 시에서 일체의 이념적·사회적 관심을 배제하고 오직 아름답고 섬세한 언어의 조탁과 그로 기인한 서정성을 추구했습니다. 그러나 지나치게 개인의 내면세계에 침잠하여 언어의 유희에만 관심을 갖는다는 비판을 받기도 했습니다. 그럼에도 이 시인들에 의해 우리의 현대시가 언어와 형식면에서 한 차원 높아졌음은 부인하기 어렵습니다.

이 시대의 또다른 특징은 다양한 유파의 출현과 시의 형식과 내용에 있어서의 과감한 실험정신입니다. 초기에는 순수시파, 중기에는 모더니즘파, 후기에는 생명파가 나름대로의 충분한 이론과 방법을 동원하여 본격적인 현대시의 기틀을 마련했으며, 그 뒤를 이어 청록파가 등장했습니다.

이 중에서 모더니즘 운동은 1933년경 김기림이 모더니즘 문학 이론을 소개하면서부터 일어나기 시작했습니다. 이들은 감성보다는 이성을 중시하는 주지주의 문학을 주장하고, 시의 회화성을 강조했습니다. 대개의 모더니스트들은 영미(英美) 계열의 주지주의 모더니즘을 받아들여 이미지즘 시를 썼으나, 이상(李箱)은 프랑스 계열의 초현실주의적인 시를 썼습니다. 모더니스트들에 의해 시에 기계 문명과 도시가 시적 주제로 등장하기 시작했으며, 이국적인 요소도 중요한 표현의 한 요소로 사용되기 시작했습니다. 그러나 그런 시는 너무 기교에만 집착했으며 사상성을 등한시했다는 비판을 받았습니다.

한편 소설에서는 좀더 다양하게 양산되어 우리 문학이 한층 발전했음을 보여주었습니다. 이 현상은 일제의 압제가 가중된 시대 상황으로 인한 결과라고도 볼 수 있습니다. 1920년대와는 달리 계급이나 정치성을 지닌 작품이 배제되고 금기시되는 현실에서 작가들은 순수문학이나 토속적 세계라든가, 지식인의 고민이나 모더니즘 현상 등에 몰입하였던 것입니다. 1930년대 소설은 세태적인 것이나 풍자적인 것, 도시를 배경으로 하거나 농촌을 배경으로 한 것, 그리고 역사나 가족들의 변천을 다룬 것, 토속적이고 신비주의적인 것이 주류를 이루었습니다.

또한 이 때에는 모더니즘 소설이 유행하게 되는데, 이 소설들은 주로 지식인 계급이 주인공으로 등장한다는 점에서 지식인 소설이라고 부르기도 합니다. 박태원은 《천변풍경》과 《소설가 구보씨의 일일》 등의 세태소설을 통해 소시민의 삶의 양태를 상세하게 묘사하였으며, 이상은 〈날개〉, 〈봉별기〉, 〈종생기〉 등의 소설을 통해 초현실주의적 수법을 구사하며 현대적인 언어로 현대 지식인의 탈출구 없는 삶을 그려내었습니다. 채만식은 〈레디메이드 인생〉, 〈치숙〉, 《탁류》 등의 소설을 통해 식민지하 지식인의 내적 고민과 방황을 풍자적 수법으로 형상화하는 데 성공했다는 평을 듣고 있습니다.

6 작품 토론하기

> 1 이상의 시나 소설은 초현실주의라는 유파의 영향을 받아 난해하고 지적이어서 읽기 힘들다는 평을 받는다. 그가 쓴 수필은 시와 소설과 비교하여 어떠한지 말해 보자.

➡ 이상의 시는 정말 이해하기 힘들다. 청소년들이 〈오감도〉를 비롯한 작품들의 의미를 제대로 알기란 어렵다. 소설도 〈날개〉는 아주 난해한 작품이며, 당시의 시대상이나 이상의 생애를 잘 모르면 이해하기 힘들다.

수필은 말 그대로 '붓 가는 대로 쓰는 글'이다. 물론 여러 가지 양식이 있으나, 수필은 신변에 관한 내용이 많으므로, 전문성을 갖춘 에세이가 아니라면, 뜻을 알기가 어렵지 않다.

그러나 이상의 수필은 신변에 관한 수필의 경우에는 읽기 쉬운 것도 있지만, 심리적인 묘사를 주로 한 수필의 경우에는 이해하기가 쉽지 않다. 그리고 형식에 있어서도 때로는 수필이라고 하기에 모호한 것도 있어서 이에 대한 정밀한 연구도 선행되어야 한다고 본다.

> 2 같은 시간과 같은 장소에서 쓴 것으로 보이는 〈권태〉와 〈산촌여정〉의 공통점과 차이점에 대하여 말해 보자.

➜ 〈권태〉와 〈산촌여정〉을 읽어보면 이상이 사업에 실패하고, 팔봉산 근처의 벽촌에서 생활하고 있을 때 이 수필들을 썼다는 것을 알 수 있다. 그런데 이 두 작품 사이에는 공통점과 차이점이 있다.

먼저 공통점은 주인공이 이곳의 생활에 대하여 만족하지 않고 있다는 사실이다. 아주 외진 곳이어서 신문도 오지 않고, 차도 안 다니며, 편지도 가끔 오는 그런 곳이다. 주민들은 먹고 살기에 바쁘고 특별한 일이라고는 일어나지 않는 그런 곳이다. 그리고 주인공은 그렇게 건강해 보이지 않는다. 때로는 자살까지 생각하는 그런 쇠약한 몸으로 먹는 것조차 부실하다.

다른 점은 전자가 주변에 있는 모든 것을 권태롭고 지겨운 눈으로 바라보고 있는 데 비하여, 후자는 자연의 아름다움과 경이로움을 경탄의 눈으로 보고 있다는 점이다. 그런 점에서 병자인 주인공이 전자에서는 아주 불쌍해 보이나, 후자에서는 유유자적하는 것으로 보인다.

독후감 길라잡이

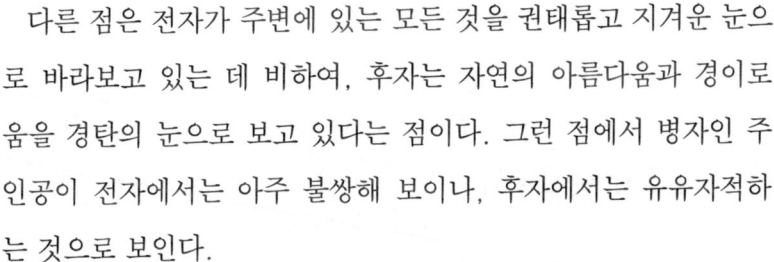

3 이상의 수필에 나타난 사람들은 보통 사람들과는 무엇인가 다른 점이 있다. 물론 수필의 주인공이 바로 작가일 수는 있으나, 때로는 제3자로 나타나는 경우도 있는데, 그들의 특징이 무엇인지 정리해 보자.

➜ 물론 이상을 먼저 알고 수필을 보면 모두 이상 자신과 같다

는 것을 알 수 있다. 그 주인공들의 특징을 몇 가지 정리해 보면 다음과 같다.

첫째, 주인공들이 모두 건강하지 않다는 점이다. 모두 중증의 병을 앓고 있고, 죽음을 생각하며, 어떤 때에는 자살의 충동까지 느낀다.

둘째, 가난한 사람이다. 물론 아주 많은 지식을 가지고 있고 고도의 사고를 하고 있지만, 수입은 변변치 않고, 집안도 역시 가난하다.

셋째, 여자 관계가 복잡하다. 친구끼리 한 여자를 놓고 문제가 생기고, 같이 살 경우에도 정상적인 부부라고 하기 어려운 처지다.

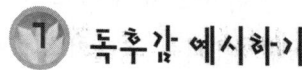

7 독후감 예시하기

┃독후감 1 ┃ 〈권태〉를 읽고

이 수필의 주인공은 당연히 이상이다. 아마도 이상은 이 수필을 쓸 당시에 친구의 집이 있는 팔봉산 근처의 벽촌에서 요양을 하고 있었던가 보다. 그는 쉬는 일 외에는 아무 일도 하지 않았을 것이다. 그러니 그의 눈에는 모든 것이 부정적으로 보이고, 권태로워 보였을 것이다.

나는 이상이 천재이기는 했으나, 일찍이 폐결핵에 걸려 병마에 시달리다가 젊은 나이에 요절했다는 이야기를 들었다. 그런 그의 일생과 결부시켜 이 글을 읽으면서 정말 병자로서 자기 주변을 관찰하는 천재 작가의 심상을 느낄 수 있었고, 그의 무기력과 권태로움에 안타까움을 금할 수 없었다.

"어서…… 차라리 어두워 버리기나 했으면 좋겠는데…… 벽촌의 여름날은 지루해서 죽겠을 만큼 길다.
 동에 팔봉산, 곡선은 왜 저리도 굴곡이 없이 단조로운고?
 서를 보아도 벌판, 북을 보아도 벌판, 아, 이 벌판은 어찌라고 이렇게 한이 없이 늘어놓였을꼬? 어쩌자고 저렇게 똑같이 초록색 하나로 돼먹었노?
 농가가 가운데 길 하나를 두고 좌우로 한 10여 호씩 있다. 휘청거리는 소나무 기둥, 흙을 주물러 바른 벽, 강낭대로 둘러싼 울타리, 울타리를 덮은 호박덩굴, 모두가 그게 그것같이 똑같다.
 어제 보던 댑싸리 나무, 오늘도 보는 김 서방, 내일도 보아야 할 흰둥이 검둥이."

 이렇게 시작하는 하루는 그에게 아주 지루하게 흘러간다. 그에게는 장기 두는 것도 재미없고, 농부들의 삶도 권태로워 보이고, 전신주, 댑싸리 나무, 낮닭 우는 소리, 개, 소, 아이들, 이 모두가 의미가 없는 사물에 지나지 않는다. 이것은 작가의 마음이 그렇게 닫혀 있음을 뜻하는 것이며, 어떻게든 삶에 대한 욕망을 불러 일으키고, 이러한 상황에서 탈출해 보려는 의지 같은 것은 보이지 않는다. 그리하여 그는 다음과 같이 밤을 맞이한다.

"날이 어두워졌다. 해저와 같은 밤이 오는 것이다. 나는 자못 이상하다.

가만히 생각해 보면 나는 배가 고픈 모양이다. 이것이 정말이라면 그럼 나는 어째서 배가 고픈가. 무엇을 했다고 배가 고픈가.

자기 부패 작용이나 하고 있는 웅덩이 속을 실로 송사리떼가 쏘다니고 있더라. 그럼 내 장부(臟腑) 속으로도 나로서 자각할 수 없는 송사리떼가 준동하고 있나 보다. 아무튼 나는 밥을 아니 먹을 수는 없다.

밥상에는 마늘장아찌와 날된장과 풋고추 조림이 관성의 법칙처럼 놓여 있다. 그러나 먹을 때마다 이 음식이 내 입에 내 혀에 다르다. 그러나 나는 그 까닭을 설명할 수 없다.

마당에서 밥을 먹으면 머리 위에서 그 무수한 별들이 야단이다. 저것은 또 어쩌라는 것인가."

그러나 주인공은 아직 삶을 완전히 포기한 것은 아니다. 생명체는 살아 있는 한 생에 대한 미련을 포기하지 않는 법이다. 그래서 그는 "이런 것은 생각할 필요가 없으리라. 그냥 자자! 자다가 불행히, 아니 다행히 또 깨거든 최 서방의 조카와 장기나 또 한판 두지. 웅덩이에 가서 송사리를 볼 수도 있고, 몇 가지 안 남은 기억을 소처럼 반추하면서 끝없이 나태를 즐기는 방법도 있지 않으냐" 하고 내일을 기다리며 체념하는 것이다.

　나는 이 글을 읽으면서 당시의 시대상에 가슴이 아팠고, 주인공의 공허로운 심정과 권태로움에 젖어들었다. 그러면서도 오늘날에는 이와 같은 고통을 겪는 천재들이 있어서는 안 되겠다는 생각이 들었다.

▌독후감 2 ▌ 〈산촌여정〉의 난해함과 아름다움

　〈산촌여정〉은 이상이 평남 성천에서 한 달 가량 머물면서 보고 들은 것을 서술한 수필이라고 한다. 형식은 서울에 있는 친구에게 보내는 편지 형식으로 되어 있다.

　이 글을 읽어보면 이상은 유람차 이곳에 온 것이 아니라, 아마도 병 때문에 요양차 오지 않았나 하는 느낌을 준다. 그 이유는 글의 내용이 서경적(敍景的)이면서도 우울한 부분이 많기 때문이다.

　예를 들면 "얼마 있으면 목이 마릅니다. 자리끼—심해처럼 가라앉은 냉수를 마십니다. 석영질 광석 냄새가 나면서 폐부에 한난계(寒暖計) 같은 길을 느낍니다. 나는 백지 위에 그 싸늘한 곡선을 그리라면 그릴 수도 있을 것 같습니다"라든가 "죽어 버릴까 그런 생각을 하여 봅니다. 벽 못에 걸린 다 해진 내 저고리를 쳐다 봅니다. 서도천리(西道千里)를 나를 따라 여기 와 있습니다그려!"와 같은 표현이 그것이다.

이상은 그 당시에 상당한 지식인이었다는 사실을 이 글을 통해 알 수 있다. 예를 들면 MJB 커피, 하도롱 빛, 파라마운트, 그라비아, 세피아, 아스파라가스, 셀룰로이드 등과 같은 외국어를 사용함은 물론 동서양의 문물에 관한 해박한 지식을 서술하고 있다. 그래서 우리 같은 중학생들이 읽기에는 약간 어려움이 있다.

그러나 이 글은 전반적으로 어느 시골의 풍정을 묘사하고 있다. 예를 들어 "건너편 팔봉산에는 노루와 멧돼지가 있답니다"라든가 "수수깡 울타리에 오렌지 빛 여주가 열렸습니다. 당콩 넝쿨과 어우러져서 세피아 빛을 배경으로 하는 일폭의 병풍입니다. 이 끝으로는 호박 넝쿨 그 소박하면서도 대담한 호박꽃에 스파르타식 꿀벌이 한 마리 앉아 있습니다"라든가 "공기는 수정처럼 맑아서 별빛만으로라도 넉넉히 좋아하는 〈누가복음〉도 읽을 수 있을 것 같습니다. 그리고 또 참 별이 도회에서보다 갑절이나 더 많이 나옵니다. 하도 조용한 것이 처음으로 별들의 운행하는 기척이 들리는 것도 같습니다" 등등의 표현이다. 그 외에도 "청석 얹은 지붕에 별빛이 내려쬐면 한겨울에 장독 터지는 것 같은 소리가 납니다. 벌레 소리가 요란합니다"라든가 "아침에 볕에 시달려서 마당이 부스럭거리면 그 소리에 잠을 깹니다. 하루라는 짐이 마당에 가득한 가운데 새빨간 잠자리가 병균처럼 활동합니다"라는 표현은 아주 사실적이다.

그런 서정적 표현 가운데서도 날카로운 비판정신이 엿보이기도 한다. 예를 들면 "박하보다도 훈훈한 리그레추잉껌 냄새 두꺼운 장부를 넘기는 듯한 그 입맛 다시는 소리— 그러나 아마 여기 필 기생꽃은 분명히 혜원(蕙園) 그림에서 보는 것 같은—혹은 우리가 소년 시대에 보던 떨떨 인력거에 홍일산(紅日傘) 받은, 지금은 지난날의 삽화인 기생일 것 같습니다"라든가, "팔봉산 올라가는 초경 입구 모퉁이에 최○○ 송덕비와 또 ○○○○ 아무개의 영세불망비가 항공우편 포스트처럼 서 있습니다. 듣자니 그들은 다 아직도 생존하여 계시다 합니다. 우습지 않습니까"와 같은 표현에서 그것을 알 수 있다.

  이 글은 이상이 편지 형식을 빌어 쓴 여행기이자 견문록, 서정적 수필이며, 그 안에 시도 들어 있어 그 가치를 더하고 있다고 볼 수 있다. 나와 같이 문학을 꿈꾸는 학생들에게는 아주 중요한 가르침을 주는 글이라고 생각했다.

독후감 길라잡이

독후감
제대로 쓰기

책을 읽기 전에

우리는 책을 통해서 지식을 쌓고 학문을 연마하게 됩니다. 또한 교양을 얻고 수양을 쌓게 되지요. 그리하여 즐겁고 보람 있는 생활을 할 수 있는 것입니다. 이러한 습관이 지속된다면 이것이 곧 나의 생활 자체가 되고, 책을 읽는 시간이 얼마나 가치 있고 즐거운 시간인지 깨닫게 될 것입니다.

독후감을 쓰기 위해서는 책을 읽어야 함은 말할 것도 없습니다. 그러나 아무 책이나 읽는다고 다 좋은 것은 아닙니다. 특히 중학생은 아직 양서를 구별할 만한 충분한 지식을 갖추지 못했기 때문에 선생님 혹은 부모님, 그리고 선배들이 권하는 책이나, 이미 국내적으로나 세계적으로 잘 알려진 명작이나 명저를 찾아 읽는 것이 바른 방법이라고 볼 수 있습니다. 예컨대 사회적으로 존경받을 만한 사람들의 일대기를 그린 위인전이나 자서전 같은 것은 읽을 가치가 있으며, 명시 모음집이나 명작 소설, 특정한 분야의 관찰기, 평론집 같은 것도 좋은 읽을거리가 될 수 있습니다.

그럼 효율적인 독서를 위해서 유의해야 할 점을 알아볼까요?

첫째, 본문을 읽기 전에 책의 앞부분에 있는 머리말이나 해설하는 글을 먼저 정독합니다. 그러면 책을 쓰게 된 동기나 평가 등에 대하여 잘 알 수 있게 되죠.

둘째, 목차를 잘 살펴봅니다. 목차에서 그 책의 내용이 어떻게 전개될 것인가에 대해 미리 파악할 수 있기 때문입니다.

셋째, 본문을 읽기 시작하면, 그 중에 잘 모르는 단어나 문구가 나오기 마련입니다. 그런 것은 곧 사전을 찾아 뜻을 알아두어야 합니다. 그런 것을 무시했다가는 자칫 전체를 이해하지 못하는 오류를 범할 수 있거든요.

넷째, 각 문단별로 소주제가 무엇인지를 파악하고, 그 줄거리를 요약하는 습관을 길러야 합니다. 특히 필자가 표현하려는 것과 그 뒷받침되는 내용이 무엇인지 알아내는 것이 필수겠지요.

다섯째, 글의 배경은 무엇인지, 앞뒤 맥락이 어떻게 이어지고 있는지를 잘 생각하면서 읽어야 합니다. 그리고 소설일 경우에는 주인공과 등장인물들의 성격이나 특성을 파악해야 하지요.

여섯째, 다 읽은 다음에는 줄거리를 만들어 보고, 전체적인 주제가 무엇인지 정리하는 작업도 필요합니다.

책을 감상하는 방법

책을 읽을 때는 내용을 진지하게 파고들어 가며 읽어야 합니다. 즉, 자기의 현재 생활과 비교해 가며 생각의 폭과 사고를 넓히는 것이 중요하답니다. 그리고 작품의 문체·제목·주제·논제 등도 염두에 두고 읽으면 독후감을 쓰기가 좀더 수월해집니다.

그리고 저자가 강조하고 있는 내용과 사건들이 현재 우리 사회에 어떤 의미를 가지고 있으며 어떻게 발전시켜 나가야 할 것인가를 생각하며 읽습니다. 더불어 저자가 작품에서 강조하려고 하는 것이 무엇인가를 파악하며 읽을 필요가 있습니다. 그렇다고 굉장한 부담을 느끼면서 책을 읽을 필요는 없습니다. 책 읽는 것 자체를 즐긴다면 그리 깊게 생각하지 않아도 작가가 말하려는 바를 깨닫게 될 테니까요.

그렇다면 각 문학 장르에 따라 어떤 점에 유념하여 책을 읽어야 하는지 알아볼까요?

┃**소설**┃ 작품의 주제를 파악하고 작중 인물의 성격과 배경을 생각하며 주인공이 어떻게 변화되어 가고 있는가를 염두에 두고 읽습니다. 자신의 생각이나 현실과 결부시켜 보는 것도 재미를 배가시켜 줄 거예요.

┃**시**┃ 선입견 없이 그대로 느낌을 받아들이며 읽습니다.

┃**희곡**┃ 무대 상연을 전제로 하여 쓰여진 것이기 때문에 시간적·공간적 제약을 받는다는 것을 염두에 두어야 합니다.

┃**역사 소설**┃ 인물·사건 등을 작가가 상상력에 의존하여 구성한 글로서, 항상 계몽사상이나 민족의식 고취 등 어떤 목적이 들어 있는지를 파악하며 읽어야 합니다.

┃**역사**┃ 역사는 역사 소설과는 구분지어야 합니다. 이것은 정

확한 기록으로 글쓴이의 주관적 해석이 들어 있을 수 없으며, 시간의 흐름에 따라 사건을 나열한 것임을 생각해야 합니다.

┃**수필**┃ 지은이의 인생관이 들어 있습니다. 심리적 부담감이 적으므로 편안한 마음으로 읽을 수 있습니다.

┃**전기문**┃ 인물의 정신, 자취, 시대적 배경과 사회적 환경을 먼저 파악해야 합니다.

┃**과학 도서**┃ 미지의 세계에 대한 탐구심, 합리적 사고력 배양, 지식과 정보의 입수, 창의력을 기르는 데 도움이 되므로 평소 이에 대한 흥미를 갖는 것이 중요합니다.

3 독후감이란 무엇인가?

독후감은 말 그대로 어떤 글이나 책을 읽고, 그에 대한 느낌이나 생각을 쓰는 것입니다. 좋은 책을 읽고 그것을 정리해 두지 않는다면 곧 그 내용을 잊어버려, 독서를 한 만큼의 가치를 얻지 못할 수도 있으니까요. 그러므로 한 권의 책을 읽으면 곧 그 책의 내용을 정리하고, 느낌이나 생각을 적어 두는 것이 좋습니다.

독후감은 느낌이나 생각을 거짓 없이 써야 하나, 그렇다고 아무렇게나 써도 되는 것은 아닙니다. 즉, 독후감도 글이므로 수필의 형식으로 쓰든, 논술의 형식으로 쓰든, 정확하게 읽고 주제와 내용에 맞게 써야 함은 물론이죠. 아무리 좋은 글이나 책이라도, 잘못 읽어 실제와 맞지 않는 생각이나 느낌을 쓰게 된다면 좋은 독후감이라고 할 수 없거든요. 그러므로 좋은 독후감을 쓰려면 독서를 잘해야 한다는 것이 전제됩니다. 독서를 잘하는 방법은 따로 있는 게 아니라, 그저 많이 읽다 보면 요령이 생기고, 이해도 쉽게 되며, 능률도 오르게 되는 것입니다.

독후감은 왜 쓰는가?

독후감을 쓰는 목적은 독후감을 작성함으로써 독서하는 능력이 향상되고 글 쓰는 훈련을 할 수 있기 때문입니다. 그러므로 독후감을 쓰기 위해 책을 읽으면 보다 깊은 생각을 하면서 책을 읽게 됩니다. 또한 책을 통해 생활을 반성하며, 책에서 얻은 지식과 감명을 음미하여 자기 생활에 적용시킬 수 있습니다. 문장력과 논리적 사고가 향상되는 것은 물론이고요! 그럼 독후감을 왜 쓰는지 다음과 같이 정리해 볼까요?

① 읽은 책의 내용을 되살려 다시 음미해 볼 수 있습니다.
② 감동을 간직하고 책 읽는 보람을 얻을 수 있습니다.
③ 책을 통해 지식을 심화시킬 수 있습니다.
④ 책을 통해 자신의 문제를 연관지어 볼 수 있습니다.

⑤ 글을 써 봄으로 해서 생각을 깊이 있게 할 수 있습니다.
⑥ 독서 목표를 확실히 할 수 있습니다.
⑦ 작품에 대한 비판력과 변별력을 기를 수 있습니다.
⑧ 생각을 조리 있게 쓸 수 있는 작문력을 향상시켜 줍니다.
⑨ 사고력과 논리력, 추리력을 기를 수 있습니다.
⑩ 바르게 책을 읽는 습관을 형성할 수 있습니다.

5 독후감을 쓰기 전에 생각하기

독후감은 수필의 형식이든 논술의 형식으로든 쓸 수 있다고 했는데, 사실 이 둘의 차이는 모호합니다. 다만, 수필이 자유롭게 붓 가는 대로 쓰는 것이라면 논술은 논리 정연하게 쓴다는 점이 다르다고 할 수 있습니다.

붓 가는 대로 자유롭게 수필의 형식으로 쓰는 독후감이라도 글의 앞뒤가 맞지 않는다든지, 주제가 통일되지 않으면 좋은 평가를 받을 수 없습니다. 논리 정연하게 쓰는 독후감이라면, 서론·본론·결론으로 나누어 서술해야 함은 물론이구요.

서론에 해당되는 부분에서는 그 책에 대한 소개나 쓴 사람의 생애, 또는 특기할 만한 일화 같은 것을 적는 것이 일반적입니다.

본론에 해당하는 부분에서는 그 책을 읽고 특별히 다루려는 내용을 체계적이고 구체적으로 써야 합니다.

결론에서는 본론에서 다룬 내용을 요약하거나, 자신이 읽은 후의 감상, 그 책의 좋은 점, 나쁜 점 등을 들어서 마무리를 해야 합니다.

독후감은 짧게 쓰는 것이 상례이므로, 작품 전체를 거론하기보다는 특정한 주제를 잡아서 쓰는 것이 좋습니다. 보편적으로 다룰 수 있는 몇 가지 주제를 제시해 보면 다음과 같습니다.

첫째, 작가의 의식이나 주인공의 언행, 성격과 연관지어 주제를 구현시키는 방법입니다.

문학 작품이라면 주제가 애정이나 애국, 의리나 배반일 수 있으므로 이러한 점에 초점을 두고 써야겠지요. 또한 과학이나 업적에 관계된 것이라면, 그 발명의 의의나 연구자의 노력과 관련시켜 서술해야 하겠지요.

둘째, 저자의 이념이나 생애, 업적에 관심을 두고 쓰는 방법입니다.

그 작품을 통하여 알 수 있는 저자의 철학이나 사상 또는 저자가 그 작품을 남기기까지의 역경이나 작품을 쓰게 된 동기, 작품의 가치나 다른 작품에 미친 영향 등 작품과 연관시켜 쓰는 것이지요.

셋째, 작품의 내용을 중심으로 기술합니다

예컨대, 작품 속 주인공의 성격을 분석하거나 다른 사람과 비교해 볼 수도 있고, 그 작품의 사건이나 시대적 배경을 논의하거나, 작품의 구성 같은 것에 초점을 두고 이야기할 수도 있습니다.

이와 같이 작품을 읽기 전에 먼저 어떤 점에 중점을 두고 독후감을 쓸 것인가를 염두에 둔다면, 그렇지 않은 경우보다 훨씬 이해가 쉽고, 나중에 독후감을 쓰는 데도 도움이 될 것입니다.

6 독후감의 여러 가지 유형

1. 처음에 결론부터 쓴 다음 왜 그러한 결론이 도출되었는지 감상을 자세하게 쓰거나, 감상을 먼저 쓰고 결론을 씁니다.
2. 책을 읽게 된 동기부터 설명하고 글 중간에 자기의 감상을 씁니다.
3. 저자나 친구에 대한 편지 형식으로 감상을 쓰거나 주인공에게 대화 형식으로 씁니다.
4. 시(詩)의 형태로 감상문을 씁니다.
5. 대화문(對話文) 형식으로 씁니다.
6. 줄거리부터 요약한 다음 자기의 느낌이나 생각을 씁니다.

독후감을 구체적으로 쓰는 방법

어렵게 쓰겠다는 생각은 하지 말고 쉽게 써야겠다는 마음가짐을 가져야 좋은 글이 나올 수 있습니다. 그리고 무엇보다 감상문을 쓰기 전에 무엇을 어떻게 쓸까 조목별로 골자를 먼저 쓰고, 이 골자에 살을 붙이는 방법으로 쓰려고 노력해야 합니다. 이때 의도적으로 아름답게 잘 쓰려고 하지 않는 것이 좋습니다. 자, 그럼 더 자세하게 알아볼까요?

1. 먼저 제목을 붙입니다.
2. 처음 부분(머리글)을 씁니다.
    - 책을 읽게 된 이유나 책을 대했을 때의 느낌을 씁니다.
    - 자신의 생활 경험과 관련지어 써 봅니다.
    - 제일 감동받은 부분을 씁니다.
    - 지은이나 주인공을 소개하는 글을 씁니다.
3. 가운데 부분을 씁니다.
    - 자기의 생활과 견주어 씁니다.
    - 주인공과 나의 경우를 비교해서 씁니다.
    - 시시비비를 분명히 가려야 합니다.
    - 가장 극적이었던 부분을 소개합니다.
4. 끝부분을 씁니다.
    - 자신의 느낌을 정리합니다.

🔊 자신의 각오를 씁니다.

독후감을 쓴 다음에는 다음과 같은 추고의 과정이 필요합니다.

첫째, 쓴 글을 다시 한 번 읽으면서 맞춤법이나 표준어 규정에 어긋나는 것은 없는지 살펴봐야 합니다.

둘째, 문장이 잘 구성되어 있는지, 또 문단이 잘 짜여져 있는지 알아보아야 합니다. 한 문단에는 소주제문과 보조문들이 있어야 하는데, 그런 점이 잘 지켜져 있는지 유의해야 합니다.

셋째, 글 전체의 구성이 잘 이루어졌는지 살펴봅니다. 예를 들어 서론에 해당하는 부분이 지나치게 길다든지, 결론에 해당하는 부분이 너무 짧다든지, 전체적인 구성이 균형을 잃고 있다면 다시 고쳐 써야 하겠지요.

우리가 시간을 들여 열심히 책을 읽고 난 후 독후감을 잘 쓰기 위해서는 책을 읽고 있는 동안의 느낌을 잊지 않고 글로써 표현할 줄 알아야 하며, 책을 읽고 가장 감명받은 부분을 기억하고 있어야 합니다. 또한 다른 사람들은 어떻게 독후감을 썼는지 남의 것을 읽어 보고, 자신의 것과 비교해 보며 자주 글을 써 보는 것이 중요합니다. 그렇게 하다 보면 자신만의 개성 있는 필치로 독특한 감상문을 쓸 수 있게 되지요. 학교에서 아무리 독후감 숙제를 내주어도 부담없이 즐거운 기분으로 끝낼 수 있을 겁니다!

8. 그 밖에 알아두면 유익한 것들

▌독후감 쓰기 10대 원칙 ▌

1. 자신의 수준에 맞는 책을 선택합시다.

2. 독후감 쓰는 형식이 있기는 하지만 너무 거기에 구애받을 필요는 없습니다.

3. 자신이 작가라면 어떻게 글을 이끌어갈지를 생각하며 읽어 봅시다.

4. 평소 음악 평론이나 영화 평론을 많이 읽어 봅시다.

5. 읽으면서 마음에 와닿는 것이 있다면 따로 적어 둡시다.

6. 현대 사회의 문제점과 비교하면서 읽어 봅시다.

7. 모르는 것이 있으면 적어 두는 습관을 기릅시다.

8. 신문 사설이나 칼럼을 스크랩해서 필요할 때 사용합시다.

9. 요약하는 데에만 집착하지 말고 제대로 책을 읽읍시다.

10. 읽은 후에는 꼭 독후감을 직접 써 봅시다.

▌책을 읽는 10가지 방법 ▌

1. 아주 어릴 때부터 책과 친하게 지내는 습관을 기릅시다.

2. 너무 속독하려 하지 말고 담겨진 내용을 충실히 읽는 습관을 기릅시다.

3. 항상 작품이 나와 어떠한 상관 관계가 있는지 체크를 해 가

며 읽읍시다.

4. 무조건 책장을 넘길 것이 아니라 시시비비를 가려 가면서 읽읍시다.

5. 매일매일 조금씩이라도 책을 읽는 습관을 들입시다.

6. 책 속에 담긴 뜻을 음미하고 되새기면서 읽읍시다.

7. 너무 자신의 취향에 맞는 책만 읽지 말고 다양한 장르의 책을 골고루 읽도록 합시다.

8. 책 속에 담겨진 교훈을 깊이 생각하고 생활에 적용시킵시다.

9. 책에 따라 읽는 방법을 달리하는 습관을 들입시다. 모든 책이 만화책은 아니기 때문이죠.

10. 바른 자세로 앉아 눈과의 거리를 30cm 두고 밝은 곳에서 읽읍시다.

 원고지 제대로 사용하기

▎제목 및 첫 장 쓰기 ▎

1. 제목은 석 줄을 잡아 둘째 줄 가운데에 씁니다.

2. 1행 2칸부터 글의 종별을 표시합니다. 가령 수필이면 '수필'이라고 씁니다. 간혹 글의 종별을 비워 두는 경우가 많은데 이는 적는 것을 잊었거나, 원고지 사용법에 무관심하기 때문입니다.

3. 제목을 쓸 때에는 마침표를 찍지 않고, 물음표와 느낌표는 붙이지 않는 것이 좋습니다.

4. 제목에 줄임표는 사용하지 않는 것이 상례입니다.

5. 이름은 넷째 줄 끝에 두 칸 정도를 남기고 씁니다. 특별한 경우에는 서너 칸을 남겨도 됩니다.

6. 성과 이름은 붙여 씁니다. 다만, 성과 이름을 분명히 구별할 필요가 있을 경우에는 띄어 쓸 수 있습니다. 예) 임채후(○), 남궁석(○), 남궁 석(○)

7. 본문은 여섯째 줄부터 쓰는 것이 좋습니다. 단, 특수한 작문인 경우는 넷째 줄부터 본문을 시작해도 상관없습니다.

8. 학교 이름이나 주소가 길 경우에는 세 줄로 쓸 수 있습니다.

9. 주소는 보통 표제지에 기재하고 원고지 첫 장에는 제목과 성명만 간단하게 적는 것이 상례입니다.

10. 성명의 각 글자는 시각적 효과를 위해 널찍하게 한두 칸씩 비워 써도 무방합니다.

11. 학교 앞에 지명을 기입할 때는 학교명을 모두 붙여 써서 지명과 학교명의 구분을 명확히 해 주는 것이 좋습니다.

▌첫 칸 비우기 ▌

1. 각 문단이 시작될 때는 첫 칸을 비우고 씁니다.

2. 대화체의 경우는 첫 칸을 비우고 씁니다.

3. 인용문이 길 때는 행을 따로 잡아 쓰되, 인용 부분 전체를 한 칸 들여서 씁니다.

4. 첫째, 둘째, 셋째 등으로 이야기를 전개해야 할 때는 시작할 때마다 첫 칸을 비울 수 있습니다. 단, 그 길이가 길거나 제시된 내용을 선명하게 하고자 할 때 비워 둡니다.

5. 시는 처음 두 칸 정도 줄마다 비우고 씁니다.

▌줄 바꾸기 ▌

1. 문단이 바뀔 때는 줄을 바꾸어 씁니다.

2. 대화는 줄을 새로 잡아 씁니다.

3. 인용문을 시작할 때는 줄을 바꾸어 씁니다. 단, 그 길이가 길 때 한해서입니다.

4. 대화나 인용문 뒤에 이어지는 지문은 글이 다시 시작되는 것이므로 한 칸을 들여 씁니다. 단, 이어 받는 말로 시작되는 지문은 첫 칸부터 씁니다.

▌문장 부호 및 아라비아 숫자, 영문자 ▌

1. 문장 부호는 한 칸에 하나씩 넣는 것이 원칙입니다.

2. 아라비아 숫자는 한 칸에 두 자씩 넣습니다.

3. 한자(漢字)로 쓸 때는 띄어 쓰지 않습니다. 그러나 한자와 한글이 함께 쓰이면 띄어 쓰기를 합니다.

4. 마침표(.)와 쉼표(,) 다음에는 통례상 한 칸을 비우지 않으며, 느낌표(!), 물음표(?) 다음에는 통례상 한 칸을 비웁니다.

5. 행의 첫 칸에는 문장 부호를 쓰지 않습니다. 첫 칸에 문장 부호를 써야 할 경우는 그 바로 윗줄의 마지막 칸에 글자와 함께 씁니다.

6. 영문자의 경우, 대문자는 한 칸에 한 글자, 소문자는 한 칸에 두 글자씩 넣습니다.

10 문장 부호 바로 알고 쓰기

1. 마침표 : 문장을 끝마치고 찍는 문장 부호로 온점(.), 물음표(?), 느낌표(!)를 이르는 말입니다.

2. 쉼표 : 문장 중간에 찍는 반점(,) 가운뎃점(·) 쌍점(:) 빗금(/)을 이르는 말입니다.

3. 따옴표 : 대화, 인용, 특별어구를 나타낼 때 쓰는 문장 부호로 큰따옴표(" ")와 작은따옴표(' ')를 씁니다.

4. 그 밖의 문장 부호 : 물결표(~)는 '내지(얼마에서 얼마까지)'라는 뜻에 씁니다. 줄임표(……)는 할말을 줄였을 때와 말이 없음을 나타낼 때 씁니다.

11 마치며

초등학교나 중학교에서는 독후감이라는 말을 사용하지만 고등학교에 가게 되면 독후감이라는 말보다는 아마 논술이라는 말을 더 많이 쓰고 더 많이 듣게 될 것입니다. 논술이란 말 그대로 어떠한 논제를 가지고 논리적으로 서술하는 것을 말하는데, 이는 하루아침에 이루어지지 않습니다. 다양한 분야의 많은 것을 폭넓고 깊이 있게 알고, 주관을 뚜렷이 할 때만이 논술을 잘 쓰게 되는 것이지요. 그러기 위해서는 중학교 시절부터 많은 책을 읽어 보고 스스로 글을 써 보는 훈련을 하는 것이 중요합니다.

실제로 고등학교에 가면 교과목 공부에도 시간이 모자라 제대로 책을 읽을 시간이 없거든요. 무엇을 알아야 글을 쓸 것이고, 자신의 주장을 피력할 것 아니겠어요? 그러니 중학생 시절부터 좋은 책을 많이 읽어 보고, 생각해 보며, 글을 써 보는 노력을 하는 것이 여러분의 미래를 더욱 밝게 해 줄 것입니다. 아마 그렇게 한 사람은 그렇지 않은 사람보다 10리쯤 앞서 나가지 않을까 생각되는데 여러분 생각은 어떠세요?

┃성낙수┃
한국교원대 교수, 연세대학교 졸업, 동 대학원에서 석사·박사 학위 받음.

┃임현옥┃
부여여자고등학교 교사, 공주대학교 졸업, 현재 한국교원대학교 대학원에 재학중.

┃이승후┃
경주 감포중학교 교사, 영남대학교 졸업, 현재 한국교원대학교 대학원에 재학중.

판권본사소유

중학생이 보는
권 태

초판 1쇄 발행　2006년 9월 22일
초판 2쇄 발행　2009년 7월 30일

지 은 이　이　상
옮 긴 이　구인환
엮 은 이　성낙수·임현옥·이승후
펴 낸 이　신원영
펴 낸 곳　(주)신원문화사
책임편집　박은희

주　　소　서울시 강서구 등촌 1동 636-25
전　　화　3664—2131~4
팩　　스　3664—2130

출판등록　1976년 9월 16일 제5-68호

＊잘못된 책은 바꾸어 드립니다.

ISBN 89-359-1374-X　04810

중학생 독후감 필독선

1	어린 왕자	26	님의 침묵
2	상록수	27	태평천하
3	젊은 베르테르의 슬픔	28	채근담
4	무 정	29	대위의 딸
5	로미오와 줄리엣	30	광 세
6	마지막 잎새	31	청포도
7	메밀꽃 필 무렵	32	구운몽
8	주홍 글씨	33	햄 릿
9	붉은 산	34	논 어
10	작은 아씨들	35	허클베리 핀의 모험
11	하늘과 바람과 별과 시	36	맹 자
12	B사감과 러브레터	37	오만과 편견
13	그리스 로마 신화	38	무영탑
14	벙어리 삼룡이	39	여자의 일생
15	아버지와 아들	40	삼 대
16	로빈슨 크루소	41	춘향전
17	날 개	42	흥부전 · 옹고집전
18	독일인의 사랑	43	홍길동전 · 별주부전 · 장끼전
19	아Q정전	44	심청전 · 장화홍련전
20	마지막 수업	45	난중일기
21	진달래꽃	46	금오신화
22	동백꽃	47	양반전
23	인형의 집	48	백범일지
24	변 신	49	혈의 누 · 자유종
25	목걸이	50	금수회의록 · 추월색

중학생 독후감 필독선

51	국선생전	76	금강산유기
52	전원교향악	77	지킬 박사와 하이드
53	탈무드	78	한여름 밤의 꿈
54	삼국유사	79	만세전
55	모란이 피기까지는	80	레디메이드 인생
56	향 수	81	목민심서
57	이솝우화	82	인현왕후전
58	안네의 일기	83	도련님
59	리어 왕	84	삼국사기 열전
60	사씨남정기	85	홍당무
61	외 투	86	맥베스
62	큰 바위 얼굴	87	표본실의 청개구리
63	낙엽을 태우면서	88	오셀로
64	사람은 무엇으로 사는가	89	명심보감
65	보물섬	90	국경의 밤
66	베니스의 상인	91	파브르 곤충기
67	계축일기	92	요로원 야화기
68	야간 비행	93	노인과 바다
69	검은 고양이	94	오이디푸스 왕
70	박씨부인전	95	권태
71	유 령		
72	어린 벗에게		
73	동물농장		
74	사랑의 선물		
75	탈출기